gerenciamento de crises policiais

intersaberes

gerenciamento de crises policiais

Marco Antonio da Silva

2ª edição – Revista e atualizada

inter saberes

Rua Clara Vendramin, 58
Mossunguê . CEP 81200-170
Curitiba . PR . Brasil
Fone: (41) 2106-4170
www.intersaberes.com
editora@intersaberes.com

■ Conselho editorial
Dr. Alexandre Coutinho Pagliarini
Dr.ª Elena Godoy
Dr. Neri dos Santos
M.ª Maria Lúcia Prado Sabatella

■ Editora-chefe
Lindsay Azambuja

■ Gerente editorial
Ariadne Nunes Wenger

■ Assistente editorial
Daniela Viroli Pereira Pinto

■ Edição de texto
Palavra do Editor
Natasha Ramos de Saboredo

■ Projeto gráfico
Raphael Bernadelli

■ Capa
Sílvio Gabriel Spannenberg (*design*)
Katarzyna Mazurowska/1000 Words
Phawat (imagens)

■ Diagramação
Estúdio Nótua

■ Designer responsável
Sílvio Gabriel Spannenberg

■ Iconografia
Regina Claudia Cruz Prestes

Dados Internacionais de Catalogação na Publicação (CIP)
(Câmara Brasileira do Livro, SP, Brasil)

Silva, Marco Antonio da
 Gerenciamento de crises policiais / Marco Antonio da Silva. – 2. ed. rev. e atual. – Curitiba, PR: InterSaberes, 2024.
 Bibliografia
 ISBN 978-85-227-1603-6

 1. Administração de crises – Brasil 2. Policiais – Brasil I. Título.

24-224908   CDD-363.20981

Índice para catálogo sistemático:
 1. Brasil: Polícia: Segurança pública: Problemas sociais 363.20981
  Cibele Maria Dias – Bibliotecária – CRB-8/9427

1ª edição, 2016.
2ª edição, 2025.

Foi feito o depósito legal.

Informamos que é de inteira responsabilidade do autor a emissão de conceitos.

Nenhuma parte desta publicação poderá ser reproduzida por qualquer meio ou forma sem a prévia autorização da Editora InterSaberes.

A violação dos direitos autorais é crime estabelecido na Lei n. 9.610/1998 e punido pelo art. 184 do Código Penal.

prefácio 15

apresentação 17

como aproveitar ao máximo este livro 21

Capítulo 1 **Princípios básicos do gerenciamento de crises (GC) - 25**

1.1 Evolução histórica da doutrina de gerenciamento de crises (GC) - 26
1.2 Características de uma crise policial - 43
1.3 Objetivos do gerenciamento de crises (GC) - 48
1.4 Critérios de ação - 53

Capítulo 2 **Aspectos conceituais e tipológicos da doutrina de gerenciamento de crises (GC) - 65**

2.1 Conceitos fundamentais - 66
2.2 Tipologia dos causadores do evento crítico (CECs) - 81
2.3 Tipologia das situações críticas policiais - 88

sumário

Capítulo 3 **Fases do gerenciamento de crises (GC) - 127**

3.1 Evolução das fases do gerenciamento de crises (GC) - 128
3.2 Pré-crise - 130
3.3 Primeira intervenção em crises (PIC) - 137
3.4 Gerenciamento propriamente dito - 138
3.5 Pós-crise - 147

Capítulo 4 **Primeira intervenção em crises (PIC) - 157**

4.1 Conceito de *primeira intervenção em crises* (PIC) - 158
4.2 Histórico da primeira intervenção em crises (PIC) - 158
4.3 Dez procedimentos da primeira intervenção - 160
4.4 Procedimentos finais do primeiro interventor - 175

Capítulo 5 **Elementos essenciais do gerenciamento de crises (GC) - 183**

5.1 Teatro de operações (TO) - 184
5.2 Posto de comando (PC) - 185
5.3 Perímetros de segurança - 188
5.4 Comandante do teatro de operações (Cmt. TO) - 194
5.5 Gerente da crise - 199
5.6 Comandante do perímetro (CP) - 200

5.7 Equipe de negociação (EN) - 202
5.8 Grupo de intervenção (GI) - 208
5.9 Grupo de atiradores de precisão (GAP) - 210
5.10 Esquadrão antibombas (EAB) - 211
5.11 Elementos de inteligência - 211
5.12 Equipes de socorro médico - 212
5.13 Assessor de comunicação social - 213
5.14 Grupos de apoio e assessores - 214

Capítulo 6 **Alternativas táticas do gerenciamento de crises (GC) - 221**

6.1 Generalidades sobre as alternativas táticas - 222
6.2 Negociação - 225
6.3 Ações táticas - 231
6.4 Alternativas táticas para crises de responsabilidade dos bombeiros - 236

considerações finais 249

lista de siglas 251

referências 253

respostas 259

sobre o autor 263

À memória do meu querido pai, Leopoldo, por sua integridade e por ter-me conduzido pelo caminho da honestidade, da humildade e da perseverança.

À minha inigualável mãe, Marlene, por todo o carinho despendido e por sempre incentivar os estudos.

Ao meu inestimável irmão especial, Júlio César, por sua eterna inocência e por jamais ser passível de agir com maldade.

À minha amada esposa, Talita, por compartilhar os momentos fáceis e, principalmente, os difíceis.

À minha linda filha, Tabata, por fazer da minha vida uma imensa alegria.

Aos policiais militares técnicos e abnegados, por combaterem o amadorismo, o empirismo e a improvisação nas crises, mesmo sob risco de punição.

Agradeço imensamente a todos os policiais que, de alguma forma, contribuíram para a consolidação da doutrina de gerenciamento de crises, a despeito dos muitos obstáculos para operar e difundir as técnicas e os procedimentos que, comprovadamente, salvaguardam as vidas envolvidas no evento crítico.

Não poderia deixar de agradecer àqueles que criam tais obstáculos, cujos comportamentos amadores, empíricos e improvisados fomentam as discussões e a percepção da necessidade de mudanças. Eles aumentam os desafios e, consequentemente, incentivam a vontade de lutar por melhorias técnicas. Sua vaidade, sua arrogância e seus procedimentos arcaicos mantêm acesa a chama da evolução da doutrina. Muito obrigado.

Não é suficiente ter grandes qualidades, é preciso saber empregá-las.

La Rochefoucauld, 2007.

A história da segurança pública é escrita por pessoas como o autor desta obra – porque, afinal, de acordo com a célebre frase atribuída ao naturalista inglês Charles Darwin (1809-1882), "não é o mais forte que sobrevive, nem o mais inteligente, mas o que melhor se adapta às mudanças". Tive o prazer em servir com o capitão Marco, oficial da Polícia Militar do Paraná (PMPR), e conhecer o modo como ele traçou sua carreira: na condição de executivo na área de segurança pública, sempre agiu com absoluta retidão profissional nas atividades que desempenhou no decorrer de sua trajetória na corporação.

Policial engajado, buscou continuamente a especialização e aproveitou as crises policiais para propor ajustes na doutrina de gerenciamento de crises, considerando as necessidades e as características da corporação policial a que serve.

Uma característica marcante do autor é sua persistência, primando por mudanças, buscando constantemente novos conhecimentos e experiências e difundindo a doutrina policial na

prefácio

área de gerenciamento de crises com ênfase em negociação. A prova disso é este livro, que compila a doutrina praticada em outros países e, desde a década de 1990, também pelos policiais militares do Paraná.

Parabéns ao autor por mais esta obra de vanguarda, que sugere mudanças nas técnicas para facilitar o gerenciamento de um evento crítico, aprimorando e consolidando a doutrina de gerenciamento de crises, com vistas a reduzir a exposição do profissional de segurança pública e resguardar a corporação policial. Tenho certeza de que ela servirá para melhorar a qualidade na prestação de serviço para a sociedade.

Rui Rota da Purificação
Coronel da Polícia Militar da reserva remunerada
Especialista em gerenciamento de crises
Ex-comandante do Batalhão de Operações Especiais (Bope) da Polícia Militar do Paraná (PMPR)

O gerenciamento de crises (GC) é uma atividade policial de extrema importância, configurando-se um processo técnico que objetiva, primordialmente, a preservação das vidas envolvidas na ocorrência crítica, cujo estudo é essencial a todos os segmentos policiais. Eventualmente, onde quer que o policial atue, pode se defrontar com a necessidade de atendimento de uma crise – e saber o que fazer tecnicamente lhe confere imensa vantagem, a começar pela preservação da própria vida.

Este livro expõe a doutrina de gerenciamento de crises, tanto em seus aspectos teóricos quanto práticos. No Brasil, há poucas obras técnicas sobre o assunto – e o restante do conteúdo existente consta em apostilas de cursos e materiais esparsos. Por ser uma atividade que se consolidou no país a partir da década de 1990, muitos conceitos e procedimentos careciam de modernização, já obsoletos tanto pelas transformações sociais quanto pela evolução das técnicas policiais.

apresentação

O que ora se propõe é atualizar a doutrina à luz da contemporaneidade, alterando certas nomenclaturas, excluindo itens cuja existência já perdeu o sentido e, até mesmo, criando e sugerindo novos procedimentos. Tais atualizações foram pensadas para melhorar o atendimento das crises na prática, sobretudo com base em diversas experiências vivenciadas *in loco*.

A obra subdivide-se em seis capítulos, cada qual contemplando aspectos diferentes da doutrina, mas mutuamente complementares.

No primeiro capítulo, tratamos dos princípios basilares que alicerçam o edifício da doutrina, começando com um estudo sobre sua evolução histórica, passando pelas características de uma crise, pelos objetivos do processo de GC e culminando na análise dos chamados *critérios de ação*.

No segundo capítulo, buscamos definir os termos mais usuais da doutrina, importantes para que você, leitor, compreenda a matéria e promova atuações precisas nas situações reais. Também examinamos os tipos de causador do evento crítico (CEC) e os tipos de ocorrência qualificáveis como *crise*.

No terceiro capítulo, abordamos as fases do processo de GC. Inicialmente, apresentamos algumas considerações sobre a evolução das fases, explicando as etapas previstas pela doutrina clássica. Na sequência, detalhamos cada uma das quatro novas fases, atualizadas para um processo moderno de gerenciamento – à exceção da segunda, cuja importância requer um capítulo específico.

No quarto capítulo, analisamos a primeira intervenção em crises (PIC), doutrina que caracteriza a segunda fase do processo de GC: seu conceito, um breve histórico, uma meticulosa análise dos dez procedimentos técnicos que ela prevê e, por fim, um estudo sobre os procedimentos finais do primeiro interventor.

No quinto capítulo, examinamos profundamente os elementos imprescindíveis no teatro de operações (TO) durante o gerenciamento de um evento crítico. São diversos componentes que, devidamente interligados, convergem para uma solução aceitável.

No sexto e último capítulo, apresentamos as cinco alternativas táticas estabelecidas pela doutrina para confrontar um evento crítico. O primeiro item trata de generalidades do assunto; posteriormente, procede-se à análise individual das quatro alternativas previstas e das respectivas peculiaridades; e o último item contempla as alternativas consideradas importantes para o GC de tentativa de suicídio por causadores desarmados.

O objetivo geral da obra é que você, leitor, consiga se aprofundar no que há de mais moderno na doutrina de GC, de modo a se capacitar para a aplicação na prática durante o gerenciamento de ocorrências críticas reais. A grande lição proposta, entretanto, é bem simples: o trabalho técnico em uma crise é, invariavelmente, o melhor caminho.

Este livro traz alguns recursos que visam enriquecer o seu aprendizado, facilitar a compreensão dos conteúdos e tornar a leitura mais dinâmica. São ferramentas projetadas de acordo com a natureza dos temas que vamos examinar. Veja a seguir como esses recursos se encontram distribuídos no decorrer desta obra.

Conteúdos do capítulo:
Logo na abertura do capítulo, relacionamos os conteúdos que nele serão abordados.

Após o estudo deste capítulo, você será capaz de:
Antes de iniciarmos nossa abordagem, listamos as habilidades trabalhadas no capítulo e os conhecimentos que você assimilará no decorrer do texto.

Para saber mais
Sugerimos a leitura de diferentes conteúdos digitais e impressos para que você aprofunde sua aprendizagem e siga buscando conhecimento.

como aproveitar ao máximo este livro

Síntese

Você dispõe, ao final do capítulo, de uma síntese que traz os principais conceitos nele abordados.

SÍNTESE

Neste último capítulo da obra, buscamos realizar um estudo sobre as alternativas táticas que estão vinculadas ao processo de gerenciamento de crises (GC). Destacamos que cada uma das cinco alternativas (negociação técnica, negociação tática, uso de técnicas e tecnologias não letais – TTNL, tiro do atirador de precisão policial – APP e ações táticas do grupo de intervenção – GI) tem sua importância fundamental como ferramenta específica para a resolução das crises policiais. Também sugerimos detalhadamente as três alternativas para a atividade dos bombeiros (negociação, técnicas de salvamento e entrada forçada). Concluímos com a ressalva de que a corporação que não investir nas alternativas táticas e nos grupos especializados que devem aplicá-las estará sujeita ao insucesso, e somente com muita sorte conseguirá um resultado aceitável.

ESTUDO DE CASO*

Dois indivíduos se reuniram e planejaram um roubo a uma lotérica da cidade. Com um carro roubado no dia anterior e portando armas de fogo, eles pararam em frente à agência escolhida procurando não chamar muita atenção. Vários clientes formavam filas nos caixas e só perceberam suas presenças quando ambos entraram e anunciaram o assalto. Houve certo pânico entre as pessoas, que foram obrigadas a deitar no chão sob ameaças de violência e morte. Enquanto um dos criminosos mantinha as pessoas rendidas, o outro obrigou uma funcionária a abrir a porta de acesso e passou a recolher o dinheiro dos caixas. Nesse momento, uma pessoa que mora em frente à lotérica viu a movimentação de sua janela e constatou tratar-se de um roubo em andamento. A testemunha ligou imediatamente para a Polícia Militar (PM), que demorou poucos minutos para chegar, pois uma equipe estava bem próxima ao local. Os policiais militares pararam sua viatura em frente ao estabelecimento e foram vistos pelos criminosos. Percebendo-se cercados e sem possibilidade de fuga, eles fizeram de reféns as pessoas que ali estavam, com o intuito de se protegerem e não serem presos. Assim teve início uma crise localizada. A ocorrência foi encerrada depois de quatro horas em virtude de um processo de negociação, executado pela equipe especializada da corporação no contexto do gerenciamento da crise.

O caso descrito ilustra claramente todas as características de uma crise previstas pela doutrina: o fato surpreendeu as pessoas que estavam na lotérica – tanto elas quanto as autoridades não sabiam que a crise aconteceria (**imprevisibilidade**);

* Situação hipotética.

Estudo de caso

Nesta seção, relatamos situações reais ou fictícias que articulam a perspectiva teórica e o contexto prático da área de conhecimento ou do campo profissional em foco com o propósito de levá-lo a analisar tais problemáticas e a buscar soluções.

Resposta: Alternativa "c". A imprevisibilidade não é um critério de ação, mas uma característica do evento crítico. Lembre-se de que os critérios de ação são os princípios norteadores da tomada de ações em uma crise; portanto, a imprevisibilidade não se enquadra nesse contexto.

QUESTÕES PARA REVISÃO

1) Cite os três objetivos do gerenciamento de crises (GC), explicando a importância da ordem estabelecida entre eles.

2) Explique a característica de urgência de uma crise policial.

3) Assinale a alternativa que contém o critério de ação que estabelece que qualquer ação somente deve ser aplicada em uma crise quando considerada imprescindível:

   a. Validade do risco.
   b. Aceitabilidade moral.
   c. Necessidade.
   d. Aceitabilidade ética.
   e. Aceitabilidade legal.

4) Os policiais gestores de uma crise precisam levar em conta as diversas variáveis envolvidas no processo de seu gerenciamento. Assinale a característica da crise relacionada a essa afirmação:

   a. Baixa incidência.
   b. Urgência.
   c. Risco iminente à vida.

Questões para revisão

Ao realizar estas atividades, você poderá rever os principais conceitos analisados. Ao final do livro, disponibilizamos as respostas às questões para a verificação de sua aprendizagem.

Questões para reflexão

Ao propormos estas questões, pretendemos estimular sua reflexão crítica sobre temas que ampliam a discussão dos conteúdos tratados no capítulo, contemplando ideias e experiências que podem ser compartilhadas com seus pares.

Exercícios resolvidos

Nesta seção, você acompanhará passo a passo a resolução de alguns problemas complexos que envolvem os assuntos trabalhados no capítulo.

Importante!

Algumas das informações centrais para a compreensão da obra aparecem nesta seção. Aproveite para refletir sobre os conteúdos apresentados.

Perguntas & respostas

Nesta seção, respondemos a dúvidas frequentes relacionadas aos conteúdos do capítulo.

PERGUNTAS & RESPOSTAS

1) Quais são os quatro tipos de causadores do evento crítico (CECs) previstos pela doutrina de gerenciamento de crises (GC)?

   Criminosos, mentalmente perturbados, presos rebelados e terroristas.

2) Qual é a definição de *gerenciamento de crises* (GC)?

   Trata-se de um sistema amplo que congrega diversos atores, funções e etapas e que estabelece as diretrizes gerais para o atendimento das ocorrências qualificadas como *críticas*. O foco primordial desse processo sistemático é conduzir a crise ao encerramento adequado por meio de um trabalho conjunto e harmonioso de todos envolvidos, com a utilização de procedimentos técnicos devidamente amparados pelos ditames legais vigentes.

I

Princípios básicos do gerenciamento de crises (GC)

Conteúdos do capítulo:

» Evolução histórica da doutrina de gerenciamento de crises (GC).
» Características de uma crise policial.
» Objetivos do GC.
» Critérios de ação.

Após o estudo deste capítulo, você será capaz de:

1. compreender a evolução histórica da doutrina de GC;
2. evidenciar as características de uma crise policial;
3. discorrer sobre os objetivos do processo de GC;
4. identificar a importância dos critérios de ação para o processo de GC.

Este capítulo contempla a evolução da doutrina de gerenciamento de crises (GC) e seus aspectos mais básicos. Compreender o atual quadro dessa atividade policial imprescindível para a sociedade pressupõe resgatar tempos passados para analisar seu progresso – lento, gradual e em consonância com o contexto social de cada época. Portanto, como a sociedade evolui constantemente, a doutrina também requer atualização. Eis nossa proposta: estudar o passado e atualizar a doutrina de acordo com a realidade presente.

1.1 Evolução histórica da doutrina de gerenciamento de crises (GC)

Do ponto de vista histórico, a doutrina de GC ainda é muito recente: cerca de cinco décadas transcorreram desde seu advento nos Estados Unidos. Corporações policiais norte-americanas, como o Federal Bureau of Investigation (FBI), o Departamento de Polícia de Los Angeles (Los Angeles Police Department – LAPD) e o Departamento de Polícia de Nova Iorque (New York Police Department – NYPD), criaram grupos específicos e sistematizaram as técnicas para o atendimento de crises policiais, principalmente em virtude de graves ocorrências registradas mundo afora na transição entre as décadas de 1960 e 1970. Muitos países se apropriaram dos conhecimentos estabelecidos e os adaptaram às suas realidades para aplicá-los.

No Brasil, não foi diferente, mas a doutrina chegou tarde: na segunda metade da década de 1980, por iniciativa da Polícia Federal (PF), as corporações policiais brasileiras, tanto militares quanto civis, aprenderam a doutrina e passaram a difundi-la nos respectivos meios. Esse processo ocorreu de maneira desigual entre os estados da Federação, sobretudo em razão de conflitos de competência pela falta de leis que tratem adequadamente do assunto. Em algumas localidades, o desenvolvimento técnico foi rápido e substancial; em outras, contudo, ainda se notam falta de conhecimento a respeito das técnicas e carência de investimentos na área, traduzidas em gerenciamentos péssimos e precários.

Essa doutrina foi concebida para possibilitar o atendimento dos diversos tipos de crise policial; portanto, é necessário diferenciá-la de outras situações também chamadas de *crises* no atual meio social. Uma rápida olhada em *sites* de busca ou em telejornais é suficiente para percebermos uma grande gama de situações de crise: "crise" política, "crise" econômica, "crise" corporativa, "crise" de

> *A evolução social e a verificação de novas modalidades de ocorrências, como as crises com a tomada de reféns ou envolvendo atiradores escondidos disparando contra alvos aleatórios, tornaram imprescindível a criação de métodos e procedimentos para combatê-las.*

refugiados, "crise" diplomática, entre outras "crises". Este livro dá enfoque às chamadas *situações críticas* ou *crises policiais*, ocorrências com características bastante específicas e técnicas de atendimento bem definidas.

A evolução social e a verificação de novas modalidades de ocorrências, como as crises com a tomada de reféns ou envolvendo atiradores escondidos disparando contra alvos aleatórios, tornaram imprescindível a criação de métodos e procedimentos para combatê-las. As corporações policiais precisaram se adequar ao novo cenário e, observando os registros das ocorrências e aprendendo com os erros passados, estabeleceram normas e criaram mecanismos teóricos e práticos com o intuito de fazer frente às novas demandas. Nos Estados Unidos, a transição entre as décadas de 1960 e 1970 foi o período em que as ocorrências críticas, cuja frequência crescia, fizeram as autoridades policiais repensarem seus procedimentos.

Em 1965, por exemplo, a Polícia de Los Angeles registrou fatos que superaram sua capacidade de resposta, a exemplo dos chamados *Watts Riots* ("Tumultos de Watts", em tradução livre). A abordagem a um homem afro-americano por um integrante da Polícia Rodoviária da Califórnia (California Highway Patrol – CHiP) gerou distúrbios civis violentos por toda a região. Segundo Balko (2014), o distrito de Watts queimou por seis dias. Quando acabaram, os distúrbios em Watts foram classificados como os mais destrutivos na história norte-americana. Os manifestantes causaram 40 milhões de dólares em danos e mil edifícios foram destruídos, com um saldo de 34 mortos e mais de mil feridos. Ao menos quatro mil pessoas foram presas por envolvimento nos distúrbios.

> **PARA SABER MAIS**
>
> Os *links* a seguir trazem mais informações e imagens sobre os Tumultos de Watts, ocorridos em Los Angeles em 1965.
>
> EDDY, J. A. Watts Riots of 1965. **Britannica**, 7th Aug. 2024. Disponível em: <https://www.britannica.com/event/Watts-Riots-of-1965>. Acesso em: 9 ago. 2024.
>
> GETTY IMAGES. **Watts Riot Pictures and Images**. Disponível em: <http://www.gettyimages.com/photos/watts-riot>. Acesso em: 9 ago. 2024.

> LOS ANGELES recorda distúrbios de Watts de 1965. **Estado de Minas**, 15 ago. 2015. Internacional. Disponível em: <http://zh.clicrbs.com.br/rs/noticias/noticia/2015/08/los-angeles-recorda-disturbios- de-watts-de-1965-4825796.html>. Acesso em: 2 set. 2024.

Um mês depois, outra importante ocorrência crítica foi registrada em Los Angeles. A polícia foi acionada para atender a um chamado de perturbação da ordem na Rua Surrey e recebida a tiros por um homem mentalmente perturbado, armado e barricado. Conhecida como *Surrey Street Shootings* ("Tiroteio na Rua Surrey"), a crise terminou com um saldo de três policiais feridos, além de um espectador e do próprio homem barricado. Diante desses fatos, o inspetor Daryl F. Gates, do LAPD, percebeu que a polícia não estava preparada para esse tipo de ocorrência. Para ele, a corporação precisava de um grupo policial diferenciado e de novos métodos de atuação, enfatizando ações diretas e incisivas (Balko, 2014). Em 1966, outro evento trágico e emblemático em território norte-americano contribuiu definitivamente para a criação desse grupo diferenciado.

No dia 1º de agosto de 1966, o ex-fuzileiro naval norte-americano Charles Whitman subiu na torre do relógio da Universidade do Texas, em Austin, e, portando um arsenal, passou a atirar de maneira aleatória nas pessoas que caminhavam pelas imediações. Nessa ação, matou 14 e feriu 31 pessoas antes de ser morto por três policiais e um civil voluntário que os acompanhava. De acordo com Donnelley (2011), antes de cometer essa atrocidade, Whitman foi até a casa de sua mãe e a matou com golpes de faca, deixando um bilhete dizendo-se muito perturbado e confirmando a autoria do crime. Na sequência, foi para casa e esfaqueou a esposa, matando-a com três golpes no coração enquanto ela dormia. Como "missão" final, deslocou-se para a torre do relógio e cometeu a série de assassinatos que estarreceu os norte-americanos.

> **Para saber mais**
>
> Os *links* a seguir contêm mais informações e imagens sobre o massacre perpetrado por Charles Whitman em 1966.
>
> WALLENFELDT, J. The Shooting. In: Texas Tower Shooting of 1966. **Britannica**, 25th July 2024. Disponível em: <https://www.britannica.com/event/Texas-Tower-shooting-of-1966/The-shooting>. Acesso em: 9 ago. 2024.
>
> GETTY IMAGES. **Charles Whitman Pictures and Images**. Disponível em: <http://www.gettyimages.com/photos/charles-whitman>. 9 ago. 2024.

Após o massacre, o inspetor Gates e seus colegas começaram a estudar técnicas militares e de guerrilha a fim de criar um grupo policial para suprir a nova demanda de ocorrências. Essas crises fizeram Gates perceber que a formação policial e as táticas da época eram inadequadas para lidar com o tipo de ameaça representado por franco-atiradores, pelos tumultos e pela violência testemunhada em Watts. Assim nasceu o grupo policial intitulado **SWAT** (sigla para Special Weapons and Tactics, que, em tradução livre, significa "Armas e Táticas Especiais") em Los Angeles. Gates, portanto, lançou um fenômeno que, no decorrer de sua carreira, conseguiu abranger praticamente todas as cidades norte-americanas, alterando a face, a mentalidade e a cultura em relação às técnicas policiais dos anos 1960 até hoje – e, provavelmente, no futuro (Balko, 2014).

> **IMPORTANTE!**
>
> Segundo Heal (1991), o trágico incidente protagonizado por Charles Whitman alçou a polícia a uma nova era e marcou o nascimento dos grupos policiais SWAT – primeiramente, em Los Angeles e, posteriormente, em quase todos os principais departamentos de polícia dos Estados Unidos.

Ao tomar conhecimento da tragédia em Austin, os chefes de polícia começaram a avaliar as próprias capacidades para lidar com incidentes semelhantes em suas jurisdições de atuação. A maioria concordou quanto ao fato de que seus departamentos estavam mal equipados para resolver tais problemas. Assim, baseados no modelo da Polícia de Los Angeles, os departamentos se modernizaram mediante investimentos em grupos especiais SWAT para uma intervenção imediata e direta nas ocorrências críticas. O modelo foi disseminado pelo mundo e polícias de outros países também criaram seus grupos especiais, como o alemão GSG-9 (Grenzschutzgruppe 9), o francês GIGN (Groupe d'Intervention

Baseados no modelo da Polícia de Los Angeles, os departamentos se modernizaram mediante investimentos em grupos especiais SWAT para uma intervenção imediata e direta nas ocorrências críticas. O modelo foi disseminado pelo mundo e polícias de outros países também criaram seus grupos especiais

de la Gendarmerie Nationale) e o espanhol GEO (Grupo Especial de Operaciones).

> **PARA SABER MAIS**
>
> Para mais informações sobre a SWAT, acesse o *site* a seguir.
>
> POLICE History: How SWAT Got Its Start. **Police1**, 10th Sept. 2015. Disponível em: <https://www.police1.com/police-history/articles/police-history-how-swat-got-its-start-A46mInV79ujHNIfW/>. Acesso em: 9 ago. 2024.
>
> Assista ao filme indicado a seguir, que, embora seja de ficção, mostra aspectos do treinamento e da atuação do grupo SWAT.
>
> S.W.A.T. – Comando Especial. Direção: Clark Johnson. EUA: Columbia Pictures, 2003. 117 min.
>
> Também baseado em uma história real, o filme a seguir retrata o trabalho da equipe especial francesa GIGN para resgatar os reféns no avião da Air France sequestrado em 1994, em Marselha, na França.
>
> O RESGATE. Direção: Julien Leclercq. França: Labyrinthe Films, 2010. 91 min.

No início da década de 1970, evidenciou-se que as ações dos grupos SWAT eram fundamentadas em estratégias de confronto e demonstravam alta probabilidade de violência, com feridos e mortos (Rowe; Gelles; Palarea, 2009). Vários eventos críticos nesse período, portanto, contribuíram novamente para mudar a mentalidade e os procedimentos, suscitando a criação de uma alternativa para o atendimento de crises: a negociação policial. Lanceley (2003) esclarece que, no início dos anos 1970 – especialmente em resposta à ameaça do terrorismo –, o NYDP e, pouco tempo depois, o FBI desenvolveram um programa de negociação para os casos de crises com reféns. Para exemplificar, apresentaremos a seguir dois casos trágicos e emblemáticos ocorridos nesse período que ajudaram a ressignificar os conceitos.

O primeiro ocorreu no presídio de Attica, em Nova Iorque, em 9 de setembro de 1971, quando cerca de mil detentos tomaram o controle das instalações, fazendo 39 agentes penitenciários reféns e exigindo melhoria nas condições de vida na prisão, entre outras reivindicações. Autoridades tentaram, em vão, contato com os detentos. Após quatro dias de impasse, o governador do estado ordenou que a polícia retomasse a prisão à força. No dia 13 de setembro de 1971, os policiais invadiram o local utilizando gás lacrimogêneo e atirando com munições reais. Como resultado das ações táticas, 29 detentos e dez reféns morreram. No ano 2000, o estado de Nova Iorque pagou indenizações milionárias aos familiares dos agentes e dos detentos mortos e feridos (McMains; Mullins, 2014).

> **PARA SABER MAIS**
>
> Para saber mais detalhes sobre a rebelião no presídio de Attica, assista ao filme a seguir.
>
> ATTICA: a solução final. Direção: John Frankenheimer. EUA: HBO Pictures, 1994. 111 min.

O segundo caso relevante para o contexto estudado aconteceu no dia 5 de setembro de 1972, durante os Jogos Olímpicos de Munique, na então Alemanha Ocidental. Às 4h40min da manhã, 13 integrantes do grupo terrorista palestino Setembro Negro invadiram a Vila Olímpica, mataram dois e tomaram nove atletas da delegação israelense como reféns. Os terroristas exigiram um voo para o Egito e a libertação de 200 palestinos presos em Israel, decretando que, caso as exigências não fossem cumpridas imediatamente, dois atletas seriam mortos e, se não fossem transportados para o Egito, todos os reféns seriam assassinados (McMains; Mullins, 2014). As autoridades alemãs se recusaram a cumprir as demandas, mas ofereceram vultosas quantias em dinheiro como compensação. Os terroristas recusaram a proposta e exigiram, de modo mais enfático, serem levados para o Egito; as autoridades, por sua vez, fingiram concordar com eles, planejando uma ação de resgate em uma base aérea – que, posteriormente, resultaria em um completo desastre. Os terroristas acreditaram que seriam levados ao aeroporto internacional da cidade, onde um Boeing 727 estaria à sua espera para transportá-los com os reféns até o Egito. Na pista, uma emboscada foi armada, com policiais no interior do Boeing e atiradores postados em locais destacados.

Quando os helicópteros transportando terroristas e reféns apareceram, os policiais que estavam no interior da aeronave a abandonaram sem informar os outros membros do esquadrão. Ao se depararem com o 727 vazio, os terroristas perceberam que haviam sido enganados e correram de volta para os helicópteros. As autoridades alemãs, então, deram as ordens para os atiradores agirem. Os reféns foram amarrados nos helicópteros e não conseguiram sair. Em meio ao caos anunciado, os nove reféns, um policial, um piloto e cinco terroristas morreram. Os três sobreviventes palestinos fingiram estar mortos, mas foram capturados pela polícia alemã. Fracassou, portanto, o plano de salvar vidas (Williams; Head, 2010).

PARA SABER MAIS

Para saber mais sobre o ocorrido nas Olimpíadas de Munique, em 1972, bom como sobre os eventos que se seguiram à tragédia, você pode consultar os conteúdos indicados a seguir.

HILLE, P. Há 50 anos, atentado nos Jogos de Munique abalava a Alemanha. **DW**, 5 set. 2022. Disponível em: <https://www.dw.com/pt-br/h%C3%A1-50-anos-atentado-nos-jogos-de-munique-abalava-a-alemanha/a-62942208>. Acesso em: 9 ago. 2024.

KLEIN, A. J. **Contra-ataque**: o massacre nas Olimpíadas de Munique e a reação mortal de Israel. Rio de Janeiro: Ediouro, 2006.

MUNIQUE. Direção: Steven Spielberg. EUA: Universal, 2005. 164 min.

O MASSACRE nas Olimpíadas de Munique (1972). 14 dez. 2021. 47 min. Disponível em: <https://www.youtube.com/watch?v=8XTzXQg4Tp0>. Acesso em: 9 ago. 2024.

Rowe, Gelles e Palarea (2009) afirmam que o incidente na Alemanha trouxe à luz a necessidade de respostas, além de manobras táticas em uma ocorrência crítica. A negociação de reféns nasceu de Munique, para atender incidentes com reféns tradicionais. A crise dos reféns israelenses foi tão devastadora que a ação da polícia alemã foi execrada pela mídia e pela opinião pública. O jornalista e escritor Aaron J. Klein (2006, p. 83) sintetiza:

> O fracasso alemão não tem um equivalente moderno. O amadorismo, a negligência, os erros de cálculo e as falhas na condução da crise não tem paralelo. [...]

Os componentes operacionais do plano evidenciam, na melhor das hipóteses, a condução não profissional e negligente da missão. Na pior, os resultados apontam para uma repreensível covardia e um imperdoável abandono do dever.

Motivado por esse trágico incidente, o NYDP determinou a tomada de medidas que capacitassem a instituição a lidar corretamente com situações semelhantes. De acordo com McMains e Mullins (2014), o detetive e psicólogo Harvey Schlossberg e o então tenente Frank Bolz desenvolveram táticas de negociação para conduzir a resolução dos eventos críticos sem a perda de vidas, como ocorreu em Munique. Analisando diversas crises, eles perceberam que havia quatro alternativas utilizadas pela polícia em um incidente com reféns como o de Munique. Assim, as alternativas táticas para incidentes críticos utilizadas no início dos anos 1970 eram (McMains; Mullins, 2014, p. 3, tradução nossa):

1. Assalto tático.
2. Tiro por atiradores selecionados.
3. Uso de agentes químicos.
4. Contenção e negociação.

Uma vez que os três primeiros compunham as tradicionais estratégias de confronto e, portanto, continham alta probabilidade de violência, eles desenvolveram as estratégias para a quarta alternativa – opção que, geralmente, conduzia a um desfecho pacífico, sem mortos ou feridos. Schlossberg e Bolz enxergavam tais princípios sob a perspectiva de que o incidente representava um grande risco para o causador do evento. Schlossberg extraiu da ciência psicológica os fundamentos básicos para o gerenciamento de crises com reféns. Assim, eles enfatizaram a importância de conter e negociar com o causador, compreendendo suas motivações e sua personalidade, além de destacarem a importância de retardar as ações táticas, de maneira que o tempo trabalhasse a favor do negociador.

McMains e Mullins (2014) esclarecem que o NYDP estabeleceu o programa de negociação de reféns com base na nova abordagem criada por Schlossberg e Bolz, que modificou corajosamente as estratégias e táticas para o atendimento das crises então vigentes – o primeiro programa dos Estados Unidos a ressaltar um processo de negociação tranquilo em vez de uma abordagem tática ríspida. Com a preservação de inúmeras vidas em vários casos registrados nesse período, as novas técnicas se mostraram altamente eficazes. Dessa maneira, assim como os grupos SWAT, equipes de negociadores foram criadas e disseminadas pelas corporações policiais norte-americanas. Essa difusão a nível nacional ocorreu em virtude do trabalho do FBI, que em 1973 iniciou um programa de treinamento em negociação de reféns em sua academia, em Quântico, na Virgínia.

Com o êxito do processo de negociação, as corporações policiais perceberam que o novo método tinha uma aplicação mais abrangente do que apenas em situações de terroristas com reféns, estendendo-se a crises envolvendo indivíduos mentalmente perturbados e barricados sozinhos, crises em penitenciárias, tentativas de suicídio e outras ocorrências qualificadas como *críticas*. As mudanças conceituais foram enormes, conforme explica Hahn (2016):

> A criação de equipes de negociação de reféns, orgânicas na polícia, significou muito mais do que um simples acréscimo nos quadros da instituição. Produziu uma verdadeira mudança de mentalidade, não só no trato dessas

situações delicadas, mas também com reflexos positivos em todas as áreas da atividade policial. O que antes era resolvido pela força, havendo sempre uma expectativa de possível morticínio, passou a ser solucionado de maneira civilizada, com mais eficiência, sem dolorosas e inúteis perdas de vidas.

Com as ferramentas estabelecidas, as décadas seguintes testemunharam a disseminação da doutrina em diversos países, inclusive no Brasil. Apesar disso, Salignac (2011), com extrema precisão, esclarece que quase todas as polícias brasileiras desdenham da criação de um sistema integral de GC. Em muitos lugares, há investimentos em grupos especializados em ações táticas – o mesmo, todavia, não se pode dizer com relação à busca da solução negociada. A atividade técnica e organizada de negociação ainda é subestimada por grande parte das autoridades policiais brasileiras – uma imensa lástima para as corporações policiais e, consequentemente, para a preservação de vidas.

Salignac (2011) acrescenta que o FBI e praticamente todas as corporações policiais norte-americanas destinam um tratamento científico à atividade de GC desde a década de 1970, matéria atualmente consolidada em bases doutrinárias consistentes. É um assunto relevante em todos os cursos policiais do país, razão por que nenhum executivo de polícia se forma sem contato com a disciplina.

> **IMPORTANTE!**
>
> O pioneirismo da PF trouxe a doutrina de GC para o Brasil, por intermédio dos esforços do delegado Roberto das Chagas Monteiro, que realizou cursos no FBI e foi o primeiro profissional a publicar uma apostila relacionada ao

> assunto na década de 1990 (Monteiro et al., 2008). Organizou palestras e cursos em vários estados da Federação e, posteriormente, os conhecimentos ganharam *status* de disciplina e passaram a integrar os currículos dos cursos de formação na corporação.

A doutrina de GC tem sido aperfeiçoada com o passar dos anos, sobretudo em razão da vivência nas ocorrências reais e dos estudos dos casos registrados. Assim, as alternativas para a resolução das crises inicialmente verificadas evoluíram significativamente e, na atualidade, formam um complexo sistema de procedimentos técnicos que compreendem as ações de grupos específicos – as chamadas *equipes especializadas*. Conforme a evolução histórica da doutrina, três grupos indispensáveis de policiais especialistas têm a incumbência de operar direta e conjuntamente na resolução do evento: negociadores, operadores táticos e atiradores de precisão. Portanto, de acordo com Lucca (2002), as alternativas táticas empregadas pelas polícias brasileiras passaram a ser as seguintes:

1. negociação;
2. técnicas não letais;
3. tiro de comprometimento;
4. invasão tática.

Silva (2011) destaca que essa sequência de alternativas reflete uma grande preocupação com a vida humana, inclusive daqueles que causam o evento, progredindo da alternativa que apresenta menor risco para aquela que impõe maior risco para os envolvidos. Mais recentemente, estudos têm apontado a necessidade de se modificar o entendimento sobre as alternativas táticas, dividindo-as basicamente em "negociação" e "ações táticas" (Silva; Roncaglio, 2021; Silva, 2024). Uma nova e moderna categorização, de cunho exclusivamente teórico, tem o objetivo de facilitar os enquadramentos futuros das alternativas, bem como de favorecer os estudos estatísticos (Silva, 2024). Fundamentadas nos recentes estudos citados, as atuais alternativas táticas são as seguintes:

1. negociação técnica;
2. negociação tática;
3. uso de técnicas e tecnologias não letais (TTNL).
4. tiro do atirador de precisão policial (APP).
5. ação tática do grupo de intervenção (GI).

Uma análise de cada uma dessas alternativas será feita no Capítulo 6. Por ora, é importante registrar que as corporações policiais preocupadas com as vidas envolvidas nas crises e com ações técnicas devem investir pesadamente nas equipes especializadas para lhes propiciar plenas condições de executar as alternativas táticas previstas de modo sistêmico. Tal preocupação pressupõe investimentos e a criação e homologação de normas e regras bem definidas que estabeleçam as competências e as atribuições das corporações atuantes.

No Brasil, o problema da dicotomia policial é um empecilho para atuações técnicas, sobretudo na falta de protocolos legais que delimitem as missões. Nos estados brasileiros, as polícias Militar e Civil têm a respectiva incumbência constitucional bem demarcada. Entretanto, conflitos de competência nos bastidores das crises são bastante comuns, acarretando desgastes institucionais, falhas, omissões e prejuízos diversos, principalmente para os envolvidos no evento, como reféns ou vítimas. Os estados podem minimizar esses problemas de atribuição sancionando leis específicas, com base na Constituição

Federal de 1988 (Brasil, 1988), que delimitem as responsabilidades de cada corporação estadual.

Executivos de polícia e bombeiros têm que capacitar-se no gerenciamento de crises em virtude da responsabilidade do Estado com a proteção do cidadão, garantida na Constituição Federal, nas diversas leis existentes no país e em legislações internacionais. Falhas ou omissões praticadas por agentes do Estado implicarão, inclusive, na indenização das vítimas por aquelas falhas. (Pontes, 2000, p. 23)

Essa breve síntese histórica denota que o processo evolutivo das normas de GC foi longo e sistemático. Evoluções e mudanças de mentalidade tendem a ocorrer após a eclosão de fatos catastróficos. No Brasil, crises emblemáticas, cansativamente exploradas pela mídia e que terminaram em tragédias – como os casos da professora Adriana Caringi (São Paulo, 1990), do ônibus 174 (Rio de Janeiro, 2000) e da adolescente Eloá (Santo André, 2008) – não devem ser esquecidas. O trabalho das corporações policiais deve se concentrar em jamais permitir que semelhantes situações funestas se repitam. As corporações policiais brasileiras, em geral, têm o péssimo hábito de não levar em conta as falhas registradas nas crises passadas e, portanto, comumente as reeditam. Eis uma eventual solução imediata e acessível para se evitar que os gerenciamentos de determinadas crises entrem no rol dos "exemplos negativos": agir de maneira extremamente técnica, seguir a doutrina estabelecida e operar estritamente conforme os mandamentos legais. Os inocentes agradecem.

Para saber mais

Para mais informações sobre o caso do ônibus 174, assista ao documentário nacional *Ônibus 174*, que retrata o gerenciamento da crise até seu trágico desfecho.

ÔNIBUS 174. Direção: José Padilha. Brasil: Vinny Filmes, 2002. 150 min. Documentário.

Se quiser saber mais sobre o caso da adolescente Eloá Pimentel, mantida em cárcere privado em 2008 na cidade de Santo André, no ABC paulista, consulte as indicações a seguir.

CAMPOS, M. **A tragédia de Eloá**: uma sucessão de erros. São Paulo: Landscape, 2008.

CASO Eloá. **Memória Globo**, 28 out. 2021. Disponível em: <https://memoriaglobo.globo.com/jornalismo/coberturas/caso-eloa/noticia/caso-eloa.ghtml>. Acesso em: 9 ago. 2024.

CASO Eloá: Lindemberg pede redução de pena após ter feito curso na prisão. **AH – Aventuras na História**, 12 mar. 2024. Disponível em: <https://aventurasnahistoria.uol.com.br/noticias/historia-hoje/caso-eloa-lindemberg-pede-reducao-de-pena-apos-ter-feito-curso-na-prisao.phtml>. Acesso em: 9 ago. 2024.

CASO Eloá Pimentel (2008): a invasão. 7 set. 2021.4 min. Disponível em: <https://www.youtube.com/watch?v=7XjEwPvS30k>. Acesso em: 30 jun. 2024.

CASO Eloá Pimentel (2008): um ano depois e trechos da negociação. 14 abr. 2024. 7 min. Disponível em: <https://www.youtube.com/watch?v=urqnpahjlDI>. Acesso em: 9 ago. 2024.

Questões para reflexão

1) Assista ao documentário *Ônibus 174*, dirigido por José Padilha, e analise os procedimentos utilizados no gerenciamento desse evento crítico à luz da doutrina de gerenciamento de crises (GC).

2) Procure artigos e reportagens sobre a crise que envolveu a jovem Eloá Pimentel, em Santo André (2008), e descreva os aspectos marcantes do gerenciamento desse evento crítico.

1.2 Características de uma crise policial

Uma ocorrência crítica difere de uma ocorrência policial comum ou corriqueira em diversos aspectos. São características específicas, que servem para tornar o entendimento mais abrangente sobre o fato considerado crítico, cuja delimitação pode ajudar a gerenciar a ocorrência em questão nas plenas condições que o caso requer e, principalmente, preparar os envolvidos na resolução para sua eclosão, fazendo com que ajam antecipadamente. De acordo com a doutrina atualizada, um evento crítico caracteriza-se pelos aspectos apresentados no quadro a seguir.

Quadro 1.1 – Características de uma crise policial

Imprevisibilidade	As crises são imprevistas, podendo ocorrer a qualquer momento e em qualquer lugar.
Risco iminente à vida	A natureza do evento crítico impõe às pessoas envolvidas um grande risco às suas vidas.
Urgência	É uma situação que necessita de um atendimento emergencial e imediato por equipes especializadas.

(continua)

(Quadro 1.1 – conclusão)

Baixa incidência	As crises não ocorrem com grande frequência, diferentemente das situações corriqueiras.
Complexidade	Abrangendo muitos elementos, os eventos críticos são complicados e repletos de variáveis.

Fonte: Elaborado com base em Monteiro et al., 2008.

1.2.1 Imprevisibilidade

Toda crise é imprevisível, não se sabendo quando nem onde ocorrerá. A característica da imprevisibilidade, portanto, indica a necessidade imperiosa de as corporações policiais se prepararem antecipadamente à sua ocorrência. Essa preparação deve ser a mais abrangente possível, desde a instrução de primeira intervenção em crises (PIC) a todo o efetivo da unidade, passando pela conscientização das autoridades – policiais ou não – a respeito da natureza peculiar do evento, até o treinamento e a aquisição de materiais e equipamentos para os grupos especializados incumbidos do atendimento.

> *Estudar ou se preparar para o atendimento de uma crise apenas quando ela já estiver ocorrendo no território de responsabilidade da corporação é, por óbvio, desaconselhável e extremamente perigoso.*

Estudar ou se preparar para o atendimento de uma crise apenas quando ela já estiver ocorrendo no território de responsabilidade da corporação é, por óbvio, desaconselhável e extremamente perigoso. Muitas corporações policiais investem em grupos especializados para esse fim, ao passo que outras nem tanto – sendo, assim, surpreendidas pela eclosão de um evento crítico em seu território. As que se preparam, sem dúvida, terão melhores condições técnicas de enfrentá-lo com êxito. A antecipação é a chave para se evitar que a imprevisibilidade de uma crise apanhe a corporação desprevenida e, consequentemente, desprovida de condições mínimas para atendê-la.

1.2.2 Risco iminente à vida

O risco iminente à vida é outra importante característica nesse contexto. Durante a eclosão de uma crise qualquer, a vida dos envolvidos é exposta a um perigo imediato, sob ameaça do causador do evento crítico (CEC). Outros atores implicados no evento têm a integridade física iminentemente ameaçada: as pessoas que estiverem nas proximidades do ponto crítico (e que, por isso, devem ser afastadas); os agentes de segurança pública que chegam ao local para atender a ocorrência; e o próprio causador do evento. Como exemplo, podemos citar o caso de um CEC mentalmente perturbado sozinho e tentando suicídio no alto de um edifício. Apesar de não haver outras pessoas envolvidas na ocorrência, também se trata de uma crise, uma vez que a vida do próprio CEC está em risco. Portanto, o risco iminente à vida é um componente relevante desse tipo de ocorrência. Imagine uma pessoa tomada como refém, com uma arma de fogo apontada para sua cabeça por um CEC criminoso, flagrado cometendo um delito. Durante todo o desenvolvimento do evento crítico, o refém estará exposto ao risco de morrer ou de ser ferido a qualquer momento, iminentemente.

1.2.3 Urgência

Também chamada de *compressão de tempo*, a urgência indica que um evento dessa natureza necessita de um atendimento imediato, não podendo ser adiado nem subestimado (Monteiro et al., 2008). O tempo é bastante limitado para a execução das diversas tarefas previstas pela doutrina de GC. Cada minuto que um inocente passa com uma arma apontada para sua cabeça é crucial, de modo que os responsáveis pelo gerenciamento não podem perder tempo. Isso não implica, entretanto, precipitar o fim de um evento crítico com ações afoitas e descoordenadas. Seu desfecho pressupõe a contemplação de todas as possibilidades para que se empreenda um minucioso planejamento técnico. A urgência, em suma, evoca uma atenção rápida e coordenada a uma crise policial.

1.2.4 Baixa incidência

> *Deve-se imaginar que, em algum momento, uma crise ocorrerá na área territorial de responsabilidade de sua corporação. O preparo deve precedê-la, a despeito da incidência baixa; uma única crise mal gerenciada pode arruinar, irremediavelmente, a imagem da corporação responsável.*

A característica de baixa incidência de uma crise é estabelecida quando sua ocorrência se compara a outros fatos policiais corriqueiros – furtos, roubos, lesões corporais, entre outros. O número telefônico de emergência da PM (190) para o atendimento dessas situações recebe um volume de ligações excessivamente superior ao de ocorrências críticas confirmadas e atendidas. Apesar disso, as consequências das ocorrências críticas são muito mais visíveis e provocam uma imensa comoção social quando culminam em tragédia. Como a gravidade de um evento crítico é maior em razão de sua própria natureza, uma mera crise mal gerenciada traz à tona resultados catastróficos.

Mortes de inocentes, ferimentos, processos e repercussão negativa na mídia mundial são apenas alguns dos problemas que podem surgir para as corporações policiais responsáveis. Sua baixa incidência, portanto, é uma das hipóteses capazes de explicar por que algumas corporações subestimam sua ocorrência e não investem adequadamente em seus grupos especializados para esse fim. Deve-se imaginar que, em algum momento, uma crise ocorrerá na área territorial de responsabilidade de sua corporação. O preparo deve precedê-la, a despeito da incidência baixa; uma única crise mal gerenciada pode arruinar, irremediavelmente, a imagem da corporação responsável.

1.2.5 Complexidade

A complexidade remete ao fato de que uma crise não é uma simples ocorrência a ser administrada. Há muitas variáveis envolvidas no processo e o caminho para conduzi-la a um desfecho aceitável é complicado e perigoso. Como há risco de morte de inocentes no ponto crítico, o trabalho precisa ser minucioso, coordenado e técnico. Quando as autoridades relevam esse aspecto e tratam uma crise como uma ocorrência policial comum, subestimam sua complexidade. Cada detalhe do evento deve ser considerado e sopesado. Os comandantes e as equipes especiais das corporações policiais envolvidas devem estar preparados para analisar cada variável inerente ao evento e agir para debelá-la sem mortes. Portanto, a complexidade é uma característica que pode alterar os rumos do gerenciamento para pior se não for considerada e compreendida.

> **PARA SABER MAIS**
>
> Caso deseje se aprofundar na doutrina de GC, consulte a obra indicada a seguir.
>
> MONTEIRO, R. C. et al. **Gerenciamento de crises**. 7. ed. Brasília: Departamento de Polícia Federal, 2008. Apostila.

1.3 Objetivos do gerenciamento de crises (GC)

Os objetivos do gerenciamento de um evento crítico são os pilares e direcionadores de todo o processo, devendo ser respeitados à risca. A missão das autoridades policiais e suas equipes especiais, portanto, é o incessante trabalho técnico para atingir os objetivos. O trabalho profissional é uma condição substancial na busca desses objetivos prescritos pela doutrina. Como esta obra pretende atualizar a doutrina de acordo com a prática, a seguir apresentamos mais um objetivo além dos dois previstos pela doutrina clássica para o GC (Monteiro et al., 2008):

1. Preservar vidas.
2. Aplicar a lei.
3. Restabelecer a ordem.

Os três objetivos foram estabelecidos na mesma ordem apresentada, que é axiológica, de valor. Por exemplo, a preservação das vidas envolvidas é a prioridade máxima dos gestores da crise e supera os demais objetivos no quesito *importância*. Assim, a aplicação da lei será operacionalizada somente depois de todas as vidas estarem preservadas, com a rendição do CEC e a liberação das pessoas ameaçadas. Ele será encaminhado à delegacia da área para ser autuado em flagrante por seus atos e garantir a aplicação da legislação referente ao seu caso. Por fim, o restabelecimento da ordem ocorrerá para recuperar a normalidade deturpada no local do evento. A seguir, apresentamos algumas considerações sobre cada objetivo.

1.3.1 Preservar vidas

A preservação das vidas em uma crise tem prioridade máxima durante o atendimento, independentemente da condição do envolvido. Negligenciar esse preceito pode conduzir a resultados nefastos. Por exemplo, quando os policiais tentam prender o CEC de maneira abrupta tão logo o encontram com uma arma apontada para a cabeça de um refém, desconsideram a vida do inocente. No momento da tentativa de prisão, o CEC pode reagir e matar o refém e até atirar contra os policiais; portanto, estes devem manter a calma e estabelecer contato com o indivíduo de maneira tranquila, visando à preservação de uma vida inocente. Eventualmente, durante o GC, o CEC assume o risco e, depois de cortar o contato com os negociadores, passa a ameaçar mais incisivamente seus reféns – ou, ainda, fere-os ou mata-os. Nesses casos, a neutralização do CEC por um grupo de intervenção (GI) treinado e equipado pode salvar a vida de inocentes. E, mesmo com a vida do CEC perdida, a ação teve embasamento legal, enquadrando-se na chamada *legítima defesa de terceiros* – conforme os arts. 23 e 25 do Código Penal Brasileiro – Decreto-Lei n. 2.848, de 7 de dezembro de 1940 (Brasil, 1940).

> **PARA SABER MAIS**
>
> Para ilustrar esse aspecto, apresentamos a reportagem a seguir sobre uma crise no Texas, nos Estados Unidos, em 2016, a qual exigiu a intervenção da polícia para resgatar os reféns e preservar suas vidas.
>
> HOMEM armado é morto após fazer reféns em supermercado nos EUA. **G1**, São Paulo, 14 jun. 2016. Disponível em: <http://g1.globo.com/mundo/noticia/2016/06/tiroteio-e-registrado-em-supermercado-nos-eua.html>. Acesso em: 9 ago. 2024.

1.3.2 Aplicar a lei

Sempre que se evidenciar a transgressão das leis por um CEC em um evento crítico, ele deverá ser conduzido para a delegacia da área assim que a operação for encerrada, a fim de apresentá-lo à Justiça e fazê-lo responder por seus crimes. Esse preceito também é muito importante e não deve ser negligenciado. Isso significa que não se pode negociar com o CEC sua liberdade ou uma eventual permissão para a fuga do local da crise, mesmo que ele prometa liberar as pessoas ameaçadas sob seu jugo. Os negociadores o informarão de que, ao sair do ponto crítico, ele será encaminhado à delegacia da área, sempre utilizando técnicas que minimizem o estresse causado por esse tipo de notícia.

Assim, a ocorrência deve terminar no mesmo local em que começou, ainda que em alguns casos registrados no Brasil os gestores de crises tenham liberado o CEC para preservar as vidas dos reféns. Esse tipo de procedimento, entretanto, não coaduna com os princípios da preservação de vidas, justamente pela análise de um exemplo malsucedido registrado no país. Nessa crise específica, em uma rebelião de presos ocorrida em 1996, no Centro Penitenciário Agroindustrial de Goiás (Cepaigo), nos arredores de Goiânia, as autoridades policiais liberaram os CECs do ponto crítico, concedendo-lhes, inclusive, os veículos por eles exigidos para a fuga. A ideia das autoridades era realizar uma saída controlada, acompanhando-os durante a saída para, depois, abordá-los e recapturá-los. Todavia, algo saiu errado. Durante a abordagem a um dos veículos, houve troca de tiros (incrivelmente, os CECs também saíram do ponto crítico com armas de fogo concedidas pelos próprios gestores da crise). Uma inocente que conduzia seu veículo e aguardava o semáforo abrir em um cruzamento próximo ao local da abordagem foi atingida na cabeça e morreu. Portanto, uma vida inocente foi ceifada pela ideia de que a aplicação da lei poderia esperar a fuga dos causadores.

> **Para saber mais**
>
> Para saber mais sobre o criminoso Leonardo Pareja, líder da rebelião no Cepaigo, acesse os *links* indicados a seguir.
>
> FERRARI, W. A saga de Leonardo Pareja: o bandido marcado pela ousadia e fama nos anos 1990. **AH – Aventuras na História**, 16 maio 2021. Disponível em: <https://aventurasnahistoria.uol.com.br/noticias/reportagem/a-saga-de-leonardo-pareja-o-bandido-marcado-pela-ousadia-e-fama-nos-anos-1990.phtml>. Acesso em: 9 ago. 2024.
> LEONARDO Pareja (Documentário). 29 ago. 2021. 100 min. Disponível em: <https://www.youtube.com/watch?v=FnPpdO7AZXA>. Acesso em: 9 ago. 2024.

> JUSTIÇA de Goiás condena cinco réus pela morte de Leonardo Pareja. **G1**, 14 abr. 2015. Goiás. Disponível em: <http://g1.globo.com/goias/noticia/2015/04/justica-de-goias-condena-cinco-reus-pela-morte-de-leonardo-pareja.html>. Acesso em: 9 ago. 2024.

1.3.3 Restabelecer a ordem

Atualizando a doutrina clássica, além dos dois primeiros objetivos, um importante procedimento no local do evento crítico é o restabelecimento da ordem. Em virtude da própria natureza, uma crise tumultua e desordena o ambiente em que estiver ocorrendo, com mudança de tráfego, isolamento de vias, congelamento de áreas, retirada de pessoas que moram nas proximidades, fechamento de comércios etc. Uma crise que dure, por exemplo, quatro dias seguidos alterará a rotina das pessoas e causará grandes transtornos em suas vidas. Após a crise, a corporação policial envolvida deve esmerar-se em resgatar a ordem deturpada durante o evento.

Uma rebelião em um estabelecimento prisional pode servir de exemplo. Geralmente, os presos amotinados destroem o local durante a rebelião; portanto, após a liberação dos reféns e o encerramento do episódio, a corporação policial ainda necessita permanecer para restabelecer a ordem maculada. Para tanto, deve utilizar seus grupos policiais de choque para realizar vistorias, retomar ambientes e manter os amotinados sob controle, até que a administração do estabelecimento assuma o prédio, recobrando a ordem.

> **Para saber mais**
>
> Leia a seguir duas reportagens sobre a rebelião ocorrida em Cascavel (PR), em 2014, que resultou em mortes e destruição das instalações.
>
> APÓS 45 horas, presos libertam reféns e encerram rebelião em Cascavel. **G1**, 26 ago. 2014. Oeste e Sudoeste – PR. Disponível em: <https://g1.globo.com/pr/oeste-sudoeste/noticia/2014/08/apos-45-horas-presos-libertam-refens-e-encerram-rebeliao-em-cascavel.html>. Acesso em: 9 ago. 2024.
>
> MAROS, A. et al. Com cinco mortos e 25 feridos, termina rebelião em Cascavel. **Gazeta do Povo**, Curitiba, 26 ago. 2014. Disponível em: <http://www.gazetadopovo.com.br/vida-e-cidadania/com-cinco-mortos-e-25-feridos-termina-rebeliao-em-cascavel-ecm46lnakzxs14qgnex3y2xce>. Acesso em: 9 ago. 2024.

1.4 Critérios de ação

Considerando a complexidade e o risco inerente a um evento crítico, todas as ações a serem implementadas para encerrá-lo pressupõem uma análise minuciosa e convincente dos fatos. Para o processo decisório, os gestores da crise precisam considerar a natureza do caso, as características dos envolvidos e a forma como se deu sua evolução até aquele momento. Para direcionar e facilitar o processo decisório no curso de uma crise, os doutrinadores de GC estabeleceram os chamados *critérios de ação*, questionamentos que servem como referenciais e norteiam a tomada de decisões em qualquer crise. Tais critérios servem para orientar as decisões sobre todas as ações a serem implementadas durante a gestão da ocorrência crítica, das mais simples (como a concessão de um item negociável) às mais complexas (como o uso da força para incapacitar o CEC e neutralizar sua ação). O quadro a seguir apresenta os critérios de ação elencados por Salignac (2011).

Quadro 1.2 – Critérios de ação para o gerenciamento de crises

Necessidade	Traduz-se pela imprescindibilidade da tomada de determinada ação na crise.
Validade do risco	Estabelece que uma ação poderá ser implementada se seu risco for válido para a preservação de um bem maior, como a vida de inocentes.
Aceitabilidade	Qualidade do que é aceitável, legítimo. Em uma crise, traduz-se em ações nas dimensões legal, moral e ética. » Legal: dentro dos parâmetros da lei. » Moral: conforme a moralidade e os bons costumes. » Ética: baseada no respeito às regras e aos valores sociais.

Fonte: Elaborado com base em Salignac, 2011.

Na prática, esses critérios devem funcionar como um roteiro de perguntas, quando o gerente da crise questiona se a ação sugerida e prestes a ser tomada naquela ocasião é necessária, se vale o risco e se é aceitável. É importante salientar que uma ação só poderá ser implementada se todas as perguntas forem respondidas de modo positivo. Por exemplo, imagine que a ação sugerida é uma invasão tática do GI ao ponto crítico para o resgate de reféns. Hipoteticamente, o CEC demonstra intenção de negociar e já está mais calmo, não mais ameaçando os reféns com sua arma. Logo, vislumbra-se que uma ação dessa natureza, no momento, não é imperativa e acarretaria um risco desnecessário, já que uma invasão potencializa o risco às pessoas confinadas. Por isso, o comandante do teatro de operações (Cmt. TO) deve ser assessorado tecnicamente pelos integrantes das equipes especializadas que operam no local, a fim de que sua decisão seja técnica e siga os preceitos doutrinários e legais.

1.4.1 Necessidade

"Tal ação a ser tomada é necessária neste momento?". O Cmt. TO deve responder a essa pergunta fundamental depois de dispor de todas as informações detalhadas sobre o evento e dos pareceres dos operadores especialistas na crise: os integrantes da equipe de negociação (EN), do grupo de intervenção (GI) e do grupo de atiradores de precisão (GAP). Vejamos um exemplo de medida necessária em uma ocorrência bastante comum: o CEC mantém cinco reféns após um roubo frustrado em uma loja de departamentos. Ele fala para o negociador que está com fome e, portanto, poderá libertar um refém em troca de algo para comer. Como alimentação é um item negociável por excelência, os negociadores proporão ao Cmt. TO e ao gerente da crise que tal troca é viável e, conforme acordado com o CEC, necessária para a libertação de um dos reféns e a consequente preservação de sua vida. Assim, o critério da necessidade prescreve que qualquer ação deve ser implementada apenas quando totalmente indispensável; do contrário, sua adoção não se justifica.

1.4.2 Validade do risco

Outro questionamento fundamental quando é levantada a possibilidade de se tomarem determinadas ações em uma crise é o seguinte: "A ação proposta é imprescindível, independentemente de seu risco inerente?". Conceituado como **perigo** ou **ameaça**, o risco é inerente a uma ocorrência crítica, caracterizando sua natureza. Cabe aos policiais que atuam diretamente no evento a missão de minimizá-lo, visando à preservação da vida dos inocentes. Os gestores da crise, portanto, precisam analisar e responder se os riscos de determinada ação suscitada serão compensados pelos resultados, caso ela seja colocada em prática.

Por exemplo, um indivíduo está trancado em seu quarto tencionando cometer suicídio com uma arma de fogo. Ele alega aos negociadores que a culpada por sua desventura é a esposa, que supostamente o traiu. Chorando, diz também que quer falar com ela para esclarecer tudo e, então, sairá do quarto. Analisando somente esses poucos detalhes sobre a crise, pode-se afirmar que, mesmo com o CEC dizendo que sairá do quarto, trazer a mulher é uma ação que não deve ser autorizada, justamente pelo risco aumentado. Em outras palavras, como o CEC é um indivíduo mentalmente perturbado, a presença da esposa pode aumentar a tensão no local e ele pode ter planejado cometer o suicídio em sua frente para deixá-la ciente de que é a causadora de seu infortúnio, a fim de lhe causar culpa. Logo, autorizar tal ação pode contribuir para o fim apoteótico que o CEC planejou. O risco é, nesse sentido, inviável. Para Monteiro et al. (2008), trata-se de um critério muito difícil de ser estabelecido, pois envolve fatores tanto de ordem subjetiva (o que é arriscado para um pode não ser para outro) quanto de ordem objetiva (o que é ou foi insignificante em uma crise pode ser de alto risco em outra).

> *Cabe aos policiais que atuam diretamente no evento a missão de minimizá-lo, visando à preservação da vida dos inocentes.*

1.4.3 Aceitabilidade

O critério da aceitabilidade perpassa três dimensões: a legal, a moral e a ética. Eis a pergunta a se fazer: "A ação a ser tomada é aceitável legal, moral e eticamente?". Se uma resposta positiva for combinada com as respostas positivas dos outros dois critérios, então, a ação pretendida poderá ser executada. O gerente da crise, ao optar por essa ação, assegurou-se de todos os detalhes importantes, e sua decisão estava embasada em princípios sólidos e seguros. Em caso de resposta negativa para um dos itens do critério da aceitabilidade, uma ação alternativa deverá ser buscada, sob pena de resultados trágicos e responsabilização de quem extrapolou os critérios delimitados.

A **aceitabilidade legal** indica que todas as ações tomadas no âmbito da crise devem estar amparadas pelas normas legais vigentes, sendo injustificável fraudar a lei para resolver o evento, por mais dificultoso e complicado que seja. Qualquer ação que ultrapasse os limites legais estará sujeita à responsabilidade de quem a escolheu. Por exemplo, um CEC que mantém três reféns exige ao negociador 200 gramas de cocaína para uso pessoal, sob a alegação de que, em troca disso, liberará uma das pessoas. Por mais que a preservação da vida dos reféns seja o foco primordial, os gestores não devem autorizar a troca, pois, obviamente, a posse de cocaína é ilegal. Há outro fator a ser considerado e que pode aumentar o risco no ponto crítico: o uso da droga potencializa a conduta violenta do CEC contra os ameaçados.

> *Qualquer ação que ultrapasse os limites legais estará sujeita à responsabilidade de quem a escolheu.*

A **aceitabilidade moral** é outro importante princípio a ser seguido. Segundo Monteiro et al. (2008, p. 14), "isso significa que não devem ser tomadas decisões ou praticadas ações que estejam ao desamparo da moralidade e dos bons costumes". A troca de reféns pode ser utilizada como exemplo de uma ação a não ser autorizada em razão da questão moral. Imagine que os gestores do evento percebem que um dos reféns é uma autoridade política e propõem ao CEC sua liberação em troca de uma pessoa comum e voluntária. Afinal, qual vida tem mais valor: a da autoridade política ou a da pessoa comum? As vidas têm valores diferenciados em virtude de sua posição social? Naturalmente, não, já que as vidas não podem ser comparadas assim ou cotadas com valores diferenciados. Desse modo, o trabalho dos envolvidos no processo de gerenciamento é a busca pela preservação da vida das pessoas sob ameaça, independentemente de quem sejam, sem expor as que estão seguras. Por isso, a troca de reféns é totalmente vedada durante um processo de negociação.

A **aceitabilidade ética** é o terceiro princípio a ser seguido durante o processo decisório em uma crise. Para Salignac (2011), o responsável pelo gerenciamento do evento crítico não pode praticar ações que causem constrangimentos ao seu grupo policial nem exigi-las de seus subordinados. Muito atrelada ao princípio da moral, uma questão ética muito evidente pode ser exemplificada pela troca de um refém por um policial voluntário. Imagine que, por seu treinamento e pela possibilidade de agir de forma a neutralizar o CEC e salvar os reféns, um policial se proponha a entrar no ponto crítico. Se as autoridades decidirem pela sua entrada, mesmo que para isso ganhem uma vida com a liberação de um refém, potencializarão o risco da crise e até prejudicarão uma eventual estabilização já conquistada.

Caso o CEC perceba a jogada, poderá utilizar esse policial como alvo de sua ira, tornando-o o primeiro a ser morto se decidir matar alguém. Portanto, em termos éticos, é uma decisão inviável. A casuística tem mostrado que esse tipo de ação é demasiadamente arriscado e os policiais que não morreram no ponto crítico tiveram muita sorte em sair vivos.

> *O responsável pelo gerenciamento do evento crítico não pode praticar ações que causem constrangimentos ao seu grupo policial nem exigi-las de seus subordinados.*

SÍNTESE

Compreender a evolução histórica do processo de gerenciamento de crises (GC), bem como seus aspectos básicos e doutrinários, é fundamental para possibilitar atuações técnicas e profissionais durante o atendimento de um evento crítico. As corporações policiais têm de se aprofundar em seu estudo e sua aplicação e estar aptas para as evoluções sociais e procedimentais, frequentemente verificadas nessa área especializada. Neste capítulo, propusemos uma discussão em torno de tais aspectos, a fim de contextualizá-lo a respeito do problema e ambientá-lo na realidade do processo de gerenciamento de crises policiais.

Estudo de caso*

Dois indivíduos se reuniram e planejaram um roubo a uma lotérica da cidade. Com um carro roubado no dia anterior e portando armas de fogo, eles pararam em frente à agência escolhida procurando não chamar muita atenção. Vários clientes formavam filas nos caixas e só perceberam suas presenças quando ambos entraram e anunciaram o assalto. Houve certo pânico entre as pessoas, que foram obrigadas a deitar no chão sob ameaças de violência e morte. Enquanto um dos criminosos mantinha as pessoas rendidas, o outro obrigou uma funcionária a abrir a porta de acesso e passou a recolher o dinheiro dos caixas. Nesse momento, uma pessoa que mora em frente à lotérica viu a movimentação de sua janela e constatou tratar-se de um roubo em andamento. A testemunha ligou imediatamente para a Polícia Militar (PM), que demorou poucos minutos para chegar, pois uma equipe estava bem próxima ao local. Os policiais militares pararam sua viatura em frente ao estabelecimento e foram vistos pelos criminosos. Percebendo-se cercados e sem possibilidade de fuga, eles fizeram de reféns as pessoas que ali estavam, com o intuito de se protegerem e não serem presos. Assim teve início uma crise localizada. A ocorrência foi encerrada depois de quatro horas em virtude de um processo de negociação, executado pela equipe especializada da corporação no contexto do gerenciamento da crise.

O caso descrito ilustra claramente todas as características de uma crise previstas pela doutrina: o fato surpreendeu as pessoas que estavam na lotérica – tanto elas quanto as autoridades não sabiam que a crise aconteceria (**imprevisibilidade**);

---

*   Situação hipotética.

todos os reféns estavam sendo ameaçados com violência e com armas de fogo pelos criminosos (**risco iminente à vida**); ao tomarem conhecimento do fato, as autoridades policiais precisaram agir de forma coordenada e rápida com o intuito de preservar as vidas (**urgência**); é um tipo de ocorrência de pouca frequência em comparação às demais situações policiais corriqueiras (**baixa incidência**); o gerenciamento do evento que o levou ao desfecho aceitável considerou todas as variáveis inerentes e necessitou da participação de diversos segmentos e equipes especializadas, cada qual com sua missão específica (**complexidade**).

Exercício resolvido

1) Sobre os critérios de ação estabelecidos pela doutrina de gerenciamento de crises (GC), assinale a alternativa **incorreta**:

   a. O critério da aceitabilidade está dividido em três dimensões: legal, moral e ética.
   b. A aceitabilidade legal prevê que toda ação a ser desencadeada durante o processo de gerenciamento deve seguir estritamente os ditames legais vigentes.
   c. O critério de ação da imprevisibilidade indica que não se sabe quando uma crise policial ocorrerá.
   d. Analisar se o risco das ações a serem tomadas na crise é conveniente ou não remete ao critério chamado de *validade do risco*.
   e. O critério da necessidade estabelece que qualquer ação na crise pode ser tomada apenas quando totalmente indispensável para a busca de uma solução aceitável.

Resposta: Alternativa "c". A imprevisibilidade não é um critério de ação, mas uma característica do evento crítico. Lembre-se de que os critérios de ação são os princípios norteadores da tomada de ações em uma crise; portanto, a imprevisibilidade não se enquadra nesse contexto.

Questões para revisão

1) Cite os três objetivos do gerenciamento de crises (GC), explicando a importância da ordem estabelecida entre eles.

2) Explique a característica de urgência de uma crise policial.

3) Assinale a alternativa que contém o critério de ação que estabelece que qualquer ação somente deve ser aplicada em uma crise quando considerada imprescindível:

   a. Validade do risco.
   b. Aceitabilidade moral.
   c. Necessidade.
   d. Aceitabilidade ética.
   e. Aceitabilidade legal.

4) Os policiais gestores de uma crise precisam levar em conta as diversas variáveis envolvidas no processo de seu gerenciamento. Assinale a característica da crise relacionada a essa afirmação:

   a. Baixa incidência.
   b. Urgência.
   c. Risco iminente à vida.

d. Complexidade.
e. Imprevisibilidade.

5) Sobre a evolução histórica e doutrinária do processo de gerenciamento de crises (GC), assinale a alternativa **incorreta**:

a. As técnicas policiais de atendimento às crises tendem a evoluir com as questões sociais.
b. Resultados trágicos de crises mal gerenciadas costumam proporcionar mudanças de conduta e aumentar os investimentos nas corporações envolvidas.
c. Mudanças de mentalidades arcaicas e de procedimentos ultrapassados são fundamentais para a preservação de vidas nas crises.
d. Os eventuais fracassos das corporações envolvidas tendem a ser expostos de maneira imediata para o mundo todo por meio da imprensa e das redes sociais.
e. No Brasil, a doutrina de GC é antiga e todas as corporações policiais dos estados a aplicam de modo técnico e com muitos investimentos.

Perguntas & respostas

1) Qual é a importância do conhecimento das características de um evento crítico?

Principalmente para se preparar para sua eclosão, de modo a agir de maneira antecipada, realizando cursos e treinamentos, estruturando equipes e adquirindo equipamentos, armamentos e materiais necessários para seu atendimento.

2) Qual é a característica de uma crise que pode fazer com que algumas corporações subestimem sua ocorrência?

A baixa incidência, ou seja, ela ocorre com pouca frequência. Como as ocorrências policiais corriqueiras são registradas com mais frequência, as crises tendem a ser relevadas, recebendo menos investimentos para seu atendimento.

II

Aspectos conceituais e tipológicos da doutrina de gerenciamento de crises (GC)

CONTEÚDOS DO CAPÍTULO:

» Conceitos fundamentais da doutrina de gerenciamento de crises (GC).
» Tipologia dos causadores do evento crítico (CECs).
» Tipologia das situações críticas policiais.

APÓS O ESTUDO DESTE CAPÍTULO, VOCÊ SERÁ CAPAZ DE:

1. identificar os conceitos mais importantes da doutrina de GC;
2. diferenciar os tipos de CECs;
3. elencar os tipos de ocorrências críticas;
4. relacionar os conceitos da doutrina com os tipos de crise e de causadores do evento.

Neste capítulo, apresentaremos os principais conceitos estabelecidos pela doutrina de gerenciamento de crises (GC), essenciais para que você compreenda o contexto geral do processo. Os conceitos serão detalhados de modo a esmiuçar suas características e torná-los mais acessíveis, com exemplos de situações práticas. Também indicaremos os tipos de causadores do evento crítico (CECs) e as ocorrências qualificadas como *crises*, que apresentam características e dinâmicas próprias.

2.1 Conceitos fundamentais

O estudo dos conceitos conduz à solidificação da doutrina – e, por conseguinte, beneficia os procedimentos na prática. Por exemplo, entender a diferença entre um **refém** e uma **vítima**, bem como saber distinguir uma ocorrência policial crítica de uma não crítica, entre outros aspectos fundamentais, pode ser crucial no calor dos fatos.

As ações a serem desenvolvidas na busca pela solução aceitável dependerão muito da assimilação e da operacionalização de tais conceitos. A seguir, abordaremos as principais definições e seus aspectos mais importantes.

2.1.1 Crise policial

A palavra *crise* tem origem no vocábulo latino *crisis*, que significa "momento de mudança súbita", e no verbo grego *krisis*, que significa "separação", "decisão", "definição". De acordo com Silva (2002, p. 128), "crise significa um momento decisivo, de separação e julgamento. Com isso, entendemos que uma crise leva à ruptura com o estado anterior". Botega (2015, p. 15) corrobora essa ideia, enfatizando que a palavra *krisis* "é a ação ou a faculdade de distinguir e tomar decisão; é o momento decisivo, difícil de separar, decidir, julgar". Para Silva (2003, p. 53), "uma crise é uma conjuntura de incertezas e dificuldades". Portanto, as crises podem ser estudadas e definidas por diversas áreas do conhecimento, tanto de cunho pessoal (particular) quanto social ou geral.

Complementando, Koogan e Houaiss (1992) listam os seguintes significados para a palavra *crise*:

1. Manifestação violenta, repentina e breve de um sentimento, entusiasmo ou afeto; acesso.
2. Momento perigoso ou difícil de uma evolução ou de um processo.
3. Período de desordem acompanhado de busca penosa de uma solução.
4. Conflito, tensão.
5. Ausência, carência, falta, penúria, deficiência.
6. Decadência, queda, enfraquecimento.

A doutrina policial se apropriou do conceito de crise para definir as ocorrências em que a vida dos envolvidos se encontra sob ameaça e risco iminente de morte. O Federal Bureau of Investigation (FBI) foi o primeiro a definir *crise* no âmbito policial: "um evento ou situação crucial, que exige uma resposta especial da polícia, a fim de assegurar uma solução aceitável" (Monteiro et al., 2008, p. 9). Isso significa que a crise policial é uma ocorrência diferenciada, de risco extremado e que excede a capacidade de atendimento dos grupos

> De acordo com Silva (2002, p. 128), "crise significa um momento decisivo, de separação e julgamento. Com isso, entendemos que uma crise leva à ruptura com o estado anterior".

policiais regulares, evocando a necessidade imperiosa de grupos especialmente treinados para seu gerenciamento. Para fins doutrinários, são utilizados também os sinônimos *ocorrência crítica* e *evento crítico*.

Silva (2020) dividiu o conceito do FBI em quatro partes para aprofundar seu estudo:

1. **Evento ou situação crucial** – Significa que a crise é uma ocorrência grave, crítica, decisiva, muito importante. As pessoas envolvidas, sobretudo as ameaçadas pelo CEC, correm o risco de morrer de modo iminente, a qualquer momento.
2. **Resposta especial** – Significa que a resposta das corporações policiais ao evento deve ser especial, praticada por seus grupos especializados, devidamente treinados e preparados para isso. Portanto, as ações diretas na crise devem ser aplicadas pelos seguintes grupos: equipe de negociação (EN), grupo de intervenção (GI) e grupo de atiradores de precisão (GAP).
3. **Polícia** – Gerenciar a crise cabe exclusivamente à corporação policial responsável pela área territorial onde ocorre o evento. A polícia é a organização mantenedora da ordem e guardiã da lei, com previsão constitucional e doutrinária; logo, não pode transferir o GC para terceiros, como já foi constatado em vários casos registrados.
4. **Solução aceitável** – Todo o trabalho das autoridades e equipes policiais especiais no evento estará focado na busca de um desfecho aceitável, sem mortes ou feridos. Eventualmente, o CEC assume um risco e, consequentemente, sua neutralização poderá ser necessária para salvaguardar a vida dos inocentes ameaçados, inclusive com amparo legal para a ação. É o caso da legítima defesa de

terceiros, prevista nos arts. 23 e 25 do Código Penal brasileiro – Decreto-Lei n. 2.848, de 7 de dezembro de 1940 (Brasil, 1940).

Portanto, as crises policiais são tensas e carecem de um atendimento especializado, diferindo das situações policiais corriqueiras, como crimes comuns que não trazem risco iminente de morte. Compreender as diferenças entre uma ocorrência comum e uma crise é um grande passo para que a corporação envolvida atue de maneira técnica e profissional ao ser acionada para atendê-la.

> **PARA SABER MAIS**
>
> Para saber mais sobre a organização e a previsão constitucional da polícia no Brasil, leia o art. 144 da Constituição Federal do Brasil, promulgada em 1988. O texto está disponível no *link* a seguir.
>
> BRASIL. Constituição (1988). **Diário Oficial da União**, Brasília, DF, 5 out. 1988. Disponível em: <https://www.planalto.gov.br/ccivil_03/Constituicao/Constituicao.htm>. Acesso em: 12 ago. 2024.

2.1.2 Gerenciamento de crises (GC)

Definimos *gerenciamento de crises* como um sistema amplo, que congrega diversos atores, funções e etapas e estabelece as diretrizes gerais para o atendimento das ocorrências qualificadas como *críticas*. O foco primordial desse processo sistemático é conduzir a crise ao encerramento adequado por meio de um trabalho conjunto e harmonioso de todos envolvidos, com a utilização de procedimentos técnicos e amparados pelos ditames legais vigentes. De acordo com Monteiro et al. (2008, p. 10), segundo a doutrina norte-americana do FBI, *gerenciamento de crises* é conceituado como um "processo de identificar, obter e aplicar os recursos necessários à antecipação, prevenção e resolução de uma crise".

O processo de GC pode ser comparado a uma engrenagem em movimento, cujas peças têm uma função definida e, em conjunto, a fazem funcionar de maneira adequada. Quando uma peça falta, falha ou é incompatível, compromete todo o sistema, que fica lento ou para de funcionar. Nesse caso, o objetivo para o qual determinado sistema foi concebido pode não ser atingido. O GC, portanto, necessita de diversas figuras ou "peças" para funcionar: comandante do teatro de operações (Cmt. TO), gerente da crise, equipe de negociação (EN), grupo de intervenção (GI), comandante do perímetro (CP), grupo de atiradores de precisão (GAP) e muitos outros personagens indispensáveis que serão apresentados mais adiante.

> *O processo de GC pode ser comparado a uma engrenagem em movimento, cujas peças têm uma função definida e, em conjunto, a fazem funcionar de maneira adequada. Quando uma peça falta, falha ou é incompatível, compromete todo o sistema, que fica lento ou para de funcionar.*

2.1.3 Ponto crítico

Pode ser definido como o local em que se instalou a crise estática, onde se encontra o CEC, com ou sem reféns ou vítimas. Em outras palavras, é todo o espaço físico controlado pelo causador, ao qual ele tem acesso e cuja estrutura ele pode modificar (Silva, 2020). Qualquer lugar em que haja interação humana ou concentração de pessoas pode servir de ambiente para um ponto crítico: residências, estabelecimentos comerciais, pontes, viadutos, edifícios, ruas, praças, veículos, embarcações, aeronaves, escolas, penitenciárias, delegacias, garagens, praias, interiores de ônibus etc.

O ponto crítico é um elemento importantíssimo no contexto da crise estática, pois é a partir dele que toda a estrutura de GC será organizada e operacionalizada. Por isso, sua contenção e seu isolamento são fundamentais para os trabalhos referentes à administração do evento.

2.1.4 Causador do evento crítico (CEC)

De acordo com Silva (2020), CEC é todo indivíduo que dá causa a uma crise. As motivações ou os fatores que desencadeiam a crise podem variar imensamente, determinando o tipo a ser gerenciado. Eis alguns exemplos: criminoso mantendo reféns sob ameaça após um roubo frustrado; indivíduo mentalmente perturbado retendo vítimas em cárcere privado por motivos de vingança; pessoa deprimida encontrada à beira de um viaduto ameaçando pular e tirar a própria vida; terroristas mantendo reféns para exigir do governo reivindicações políticas favoráveis ao grupo; criminosos extorquindo um empresário mediante sequestro.

Assim, nem toda pessoa que provoca uma crise pode ser qualificada como *criminosa*. Ao tratar o causador de maneira ampla, impedem-se qualificações incorretas, como taxá-lo de "sequestrador" ou "bandido". Consideremos uma situação de um indivíduo suicida que não tenha cometido qualquer crime anterior. Ele será qualificado como um CEC mentalmente perturbado, e não como um criminoso. Quando sair do ponto crítico, ele deverá ser acolhido e encaminhado para tratamentos médicos, psiquiátricos e psicológicos adequados. A despeito de registros de policiais que tentaram conduzir suicidas presos para a delegacia, pelas leis brasileiras (art. 122 do Código Penal), tentar suicídio evidentemente não é crime. O crime previsto na lei penal brasileira referente ao suicídio é induzir ou instigar alguém a suicidar-se, ou, ainda, prestar-lhe auxílio para que o faça (Brasil, 1940).

> **IMPORTANTE!**
>
> Cabe salientar que alguns autores utilizam os termos *perpetrador* e *provocador* como sinônimos de *causador do evento crítico*.

2.1.5 Refém

Refém é a pessoa mantida sob ameaça pelo CEC, em local aberto ou confinado, para garantir sua vida e sua integridade física ou forçar o cumprimento de suas exigências. São comuns em crimes frustrados quando o CEC não consegue fugir, depois de ser cercado pelos policiais que, recém-chegados ao local, flagram o delito. Para tanto, o causador usa a figura do refém como um "escudo" para barganhar com os policiais, exigindo que se afastem e não invadam o ponto crítico. Muitas vezes, demandam bens materiais, como carros e valores em troca, por exemplo. Em outras situações, o CEC utiliza o refém como seu "passaporte" para a

> *Refém é a pessoa mantida sob ameaça pelo CEC, em local aberto ou confinado, para garantir sua vida e sua integridade física ou forçar o cumprimento de suas exigências.*

liberdade, sob ameaça de morte ou lesões, caso os policiais não se afastem das proximidades e o deixem ir embora. Constantemente, o causador exige a presença de pessoas em particular, como parentes, advogados e profissionais da imprensa.

> **PARA SABER MAIS**
>
> Confira nos *links* a seguir uma crise com reféns em Araucária (PR), em 2014, que durou mais de uma hora.
>
> MANASSES, M. A.; SARZI, L. Sequestro em Araucária termina com bandidos se entregando. **Tribuna**, 27 maio 2014. Disponível em: <https://www.tribunapr.com.br/painel-do-crime/sequestro-em-araucaria-termina-com-bandidos-se-entregando/>. Acesso em: 20 ago. 2024.
> ROUBO frustrado com reféns em empresa de Araucária, Paraná (2014). 28 nov. 2022. 1 min. Disponível em: <https://www.youtube.com/watch?v=Hpg8o6-2YHM>. Acesso em: 20 ago. 2024.

Nessa perspectiva, um refém pode ser considerado um "objeto de troca" para o CEC e, assim, é passível de negociação ou barganha por algum item ou pelo atendimento de alguma de suas demandas (Silva, 2020). Ressaltamos que, durante o processo de negociação, cada exigência será anotada e analisada, sendo que alguns itens não são tecnicamente negociáveis, como a fuga do CEC do local ou o fornecimento de armas de fogo. Além de ser utilizado nas crises motivadas por crimes frustrados em local conhecido, o refém pode figurar nas seguintes situações: em ações de terroristas, quando estes exigem das autoridades governamentais o cumprimento de demandas de cunho político, ideológico ou religioso; e em crimes de extorsão mediante sequestro, quando é levado para um local incerto, chamado de *cativeiro* – em troca de sua libertação, os causadores demandam valores monetários. Geralmente, o refém não tem vínculos anteriores com o CEC; porém, nada obsta, por exemplo, que um CEC faça o filho como refém para fazer exigências na crise.

Com base em suas características e no local da crise, há dois tipos de refém: tomado e sequestrado (Silva, 2020). O **refém tomado** é capturado aleatoriamente após a prática frustrada de roubo (crime mais comum para esse tipo de ocorrência) por um ou mais criminosos. Nesse caso, o ponto crítico é conhecido, caracterizando o típico crime de **cárcere privado** (Código Penal, art. 148, Brasil, 1940), quando o CEC mantém pessoas confinadas contra a vontade destas em determinado ambiente.

Já o **refém sequestrado** é envolvido no crime de extorsão mediante sequestro (Código Penal, art. 159, Brasil, 1940), que segue todo um ritual de planejamento e execução pelos criminosos. O refém, nesse caso, normalmente tem uma condição financeira abastada e, após o sequestro, é levado a um cativeiro, um ponto crítico desconhecido.

2.1.6 Vítima

Diferentemente do refém, a chamada *vítima*, à luz da doutrina de GC, apresenta características próprias, que potencializam o risco do evento e podem mudar radicalmente o curso de sua gestão. Para Silva (2020), uma vítima é alguém ameaçado pelo CEC por questões emocionais, como relacionamentos mal resolvidos, brigas conjugais, transtornos mentais do causador ou questões de vingança. Em outras palavras, uma vítima apresenta vínculos anteriores com seu algoz, cujas motivações remetem a episódios pregressos ocorridos entre ambos. Podemos citar como exemplos de vínculos: relações de trabalho – empregado demitido que volta para matar o ex-chefe; relações amorosas – marido traído que planeja se vingar da esposa; relações de parentesco – filho perturbado sob efeito de drogas que ameaça a mãe em cárcere pelas agressões do passado.

> **PARA SABER MAIS**
>
> Confira nos *links* a seguir um exemplo de vítima em um evento crítico. O caso em questão ocorreu em 2012, em Aracaju (SE). O causador, armado, manteve a ex-mulher de 21 anos em cárcere privado por 30 horas.
>
> MULHER mantida em cárcere privado pelo ex-marido por 30 horas em Aracaju, Sergipe (2011). 20 abr. 2024. 1 min. Disponível em: <https://www.youtube.com/watch?v=yqtA1YQe2QQ>. Acesso em: 20 ago. 2024.
>
> MULHER mantida refém por 30h em Aracaju é libertada. **G1**, 19 abr. 2011. Disponível em: <https://g1.globo.com/brasil/noticia/2011/04/mulher-mantida-refem-por-30h-em-aracaju-e-libertada.html>. Acesso em: 20 ago. 2024.

Há também registros de vínculos simbólicos, o que fica caracterizado quando terroristas tomam vítimas de outras ideologias e as assassinam como forma de vingança ou quando um sujeito perturbado invade uma escola e atira contra os alunos, sob o pretexto de se vingar do local onde sofreu abusos no passado. Apesar de não conhecer os alunos que acabou de

> *Diferentemente do refém, uma vítima corre muito mais risco de morrer na crise, em virtude da dimensão emocional envolvida.*

matar, a ligação simbólica com o local é muito forte, o que o motivou a perpetrar a tragédia.

Ressaltamos que ao CEC só interessa atingir uma pessoa ou pessoas específicas. Portanto, diferentemente do refém, uma vítima corre muito mais risco de morrer na crise, em virtude da dimensão emocional envolvida. O causador quer resolver o problema com ela, podendo torturá-la e matá-la a qualquer instante no ponto crítico.

No Brasil, a classificação das pessoas capturadas como reféns ou vítimas é atribuída ao perito criminal federal Angelo Oliveira Salignac, que atuou por muitos anos como negociador da Polícia Federal (PF). Ele assim ensina:

> "Vítimas" formam uma categoria que diz respeito àquelas pessoas capturadas e que não têm valor para os captores, sendo antes objeto de seu ódio: o captor busca a eliminação física dessas pessoas ou danos à sua integridade. Uma vítima não tem outro valor para quem captura, exceto o da realização dos desejos de seu captor. Diferenciar entre uma e outra categoria muda radicalmente os rumos táticos e técnicos de uma negociação. (Salignac, 2011, p. 16)

A vítima, então, não é considerada negociável, pois o CEC quer acertar suas contas com ela por rancor ou vingança, motivo pelo qual não a trocaria por qualquer exigência. Assim, torna-se imperiosa a qualificação imediata da pessoa tomada: se é vítima ou refém, a fim de pautar o trabalho dos especialistas. Caso seja vítima, a tarefa dos negociadores consistirá em demover

> *Torna-se imperiosa a qualificação imediata da pessoa tomada: se é vítima ou refém, a fim de pautar o trabalho dos especialistas.*

o CEC da ideia de cumprir suas ameaças, deixando-a sair ilesa. Se não for possível convencê-lo, outra alternativa tática com utilização de força pode ser implementada pelo GI ou pelo GAP, desde que devidamente autorizada pelos gestores da crise. Portanto, é fundamental considerar as diferenças elencadas no Quadro 2.1.

Quadro 2.1 – Aspectos que diferenciam as pessoas capturadas como reféns ou vítimas

Condição analisada	Refém	Vítima
Quanto ao motivo	Garantia de vida, liberdade, valores ou qualquer outra exigência, ou benefício para o CEC.	Pessoa capturada, envolvida na crise por questões emocionais, transtornos mentais do CEC ou vingança.
Quanto ao valor	Tem valor, portanto, é negociável: pode ser trocado por alguma exigência.	Não tem valor, portanto, não é negociável: é objeto do ódio do CEC, e a ele só interessa essa pessoa para satisfação dos desejos.
Quanto ao vínculo	Geralmente não há vínculo com o CEC.	Sempre há vínculo com o CEC (funcional, parentesco, emocional, amizade etc.).
Quanto ao ponto crítico	Conhecido (refém tomado) e desconhecido (refém sequestrado).	Geralmente o ponto crítico é conhecido.

Fonte: Silva, 2011, p. 45.

Ter em mente essa diferenciação técnica durante o atendimento de uma crise pode ser de grande ajuda para a preservação das vidas envolvidas. Analisando as condições envolvidas em cada um dos conceitos, percebe-se que uma vítima corre muito mais risco em uma crise, precisamente em razão de seu envolvimento emocional com o causador. Já o refém corresponde a uma importante ferramenta de barganha, considerado como garantias para o CEC, inclusive a de sua vida. As crises têm de ser analisadas *per si*, conforme suas características específicas; logo, o processo de gerenciamento deve se basear na condição das pessoas ameaçadas envolvidas: se reféns ou vítimas.

2.1.7 Intermediário

O intermediário em uma crise pode ser qualquer pessoa, policial ou não, cujo contato verbal com o CEC se torna uma ferramenta crucial de negociação para obter vantagens e contribuir para o desfecho da ocorrência (Silva, 2020). Entretanto, a permissão para esse contato exige análise criteriosa, proteção adequada, orientação detalhada e acompanhamento constante pelos negociadores da equipe especializada. Qualquer vantagem pode ser considerada: libertação de reféns, promessa de não agressão aos capturados, acordo de rendição e afins. O tipo de contato mais aconselhável é por telefone – obviamente, por ser mais seguro. Contudo, diante da impossibilidade, também pode ser por meio de portas, muros e paredes ou mesmo face a face – casos em que a proteção realizada por policiais portando escudos balísticos é imprescindível.

> *De modo geral, pessoas envolvidas emocionalmente com o CEC ou integrantes da família são péssimos intermediários: afloram sentimentos e emoções no local da crise, aumentando o nível de tensão e, consequentemente, o risco do evento.*

Como saber, todavia, se o intermediário exigido pelo CEC ou proposto pelas autoridades é propício e relevante para o contexto? Romano (1998) explica que, primeiramente, é importante considerar se foi o CEC quem exigiu a presença de determinado intermediário ou se certa pessoa, incluindo familiares ou amigos, chegou ao local da crise e pediu para falar com ele.

Nesse caso, é possível perceber o grau de importância dessa pessoa para o causador. Além disso, o negociador deve examinar com muito cuidado as razões que levaram o CEC a exigir uma conversa com determinado indivíduo e vice-versa. Por fim, é necessário investigar o tipo de relação existente entre o CEC e a pessoa solicitada e avaliar se esse contato entre ambos poderia elevar o nível de tensão no local ou até colocar o provável intermediário em risco. Caso se perceba essa probabilidade, o indivíduo deve ser vetado como intermediário.

De modo geral, pessoas envolvidas emocionalmente com o CEC ou integrantes da família são péssimos intermediários: afloram sentimentos e emoções no local da crise, aumentando o nível de tensão e, consequentemente, o risco do evento. São muito piores quando acusados pelo causador como pivôs de sua desgraça. Imagine um CEC suicida apontando uma arma de fogo para a cabeça exigindo um contato com sua esposa, que supostamente o traiu. Como apontado anteriormente, presume-se que uma de suas ações ao vê-la seja cometer o suicídio na frente dela para fazê-la viver com culpa.

Por isso, indivíduos envolvidos emocionalmente na crise jamais podem ser utilizados como intermediários, mesmo que o CEC exija com veemência. Assim, o negociador deve informar o CEC de que o contato com eles não será possível, tendo a árdua missão de demovê-lo de tal ideia. Parentes ou amigos podem fazer o contato apenas após uma rigorosa análise e a constatação de que não deram causa ou não são acusados pelo CEC como responsáveis por seus infortúnios. Indivíduos suicidas também podem exigir falar com pessoas religiosas (padres, pastores, rabinos etc.) – o que, igualmente, não é bom sinal, uma vez que podem estar buscando algum tipo de perdão final antes de praticar o ato autodestrutivo. Por isso, os religiosos geralmente devem ser vetados como intermediários.

> **Para saber mais**
>
> Confira a seguir um caso em que o uso inadequado de um intermediário aumentou a tensão no local da crise.
>
> CRISE policial com homem perturbado ameaçando a filha em Chicago, EUA. 5 fev. 2022. 2 min. Disponível em: <https://www.youtube.com/watch?v=ALurFGnzOhA>. Acesso em: 20 ago. 2024.

Os melhores intermediários, portanto, são aqueles que não têm ligação emocional ou religiosa com o CEC: advogados, juízes, promotores, diretores de penitenciárias, profissionais da saúde, representantes de órgãos de direitos humanos, entre outros. Geralmente, percebe-se na prática que os contatos com essas pessoas surtem o efeito esperado: a conquista de alguma vantagem com o CEC. Conforme Silva (2020), a conversa entre o CEC e o intermediário deve ser breve, bem orientada e segura. Encerrado o contato, o intermediário deve ser retirado do local e reconduzido para fora do perímetro externo. Em nenhuma hipótese um intermediário pode substituir o negociador em uma crise.

Questões para reflexão

1) Qual é a importância da utilização de um intermediário durante a gestão de uma crise?

2) Diferencie *refém* de *vítima* de acordo com a doutrina de gerenciamento de crises (GC).

2.2 Tipologia dos causadores do evento crítico (CECs)

No decorrer do tempo, para facilitar o estudo e a operacionalização das ações nas mais variadas e complexas ocorrências críticas, os doutrinadores em GC propuseram **diferentes classificações dos indivíduos** que as protagonizam. Essa categorização não visa rotulá-los, mas facilitar o entendimento e proporcionar as ações técnicas adequadas a cada caso: há causadores que fazem reféns porque prezam por sua vida; outros estão sozinhos e nada pretendem além de viver; há os que estão encarcerados ou agem por questões ideológicas, entre tantos outros casos. Portanto, o gerenciamento deve avaliar sua conduta e dar os direcionamentos que cada caso específico requer. Essa classificação divide os CECs em quatro tipos:

1. criminosos;
2. terroristas;
3. mentalmente perturbados;
4. presos rebelados.

Antes de estudar cada tipo de CEC, cabe salientar que, na prática, há causadores que podem ser categorizados de maneira combinada em mais de uma classificação. Entretanto, o processo de gerenciamento deve considerar a principal motivação para o evento – a mais forte e que se sobressai, cuja identificação viabilizará o atendimento e a implementação das ações que o caso requer.

Eis um exemplo de **classificação combinada**: um CEC foi encontrado na rua tentando suicídio com uma arma de fogo apontada para a cabeça. Porém, antes dessa cena, ele matou sua esposa em casa por uma suposta traição dela; logo, ele cometeu o crime de feminicídio, previsto na Lei n. 13.104, de 9 de março de 2015 (Brasil, 2015), emocionalmente abalado pela suposta traição (mentalmente perturbado). Esse suicida, portanto, enquadra-se sobretudo como mentalmente perturbado, e o trabalho das equipes especiais deve ser direcionado à luz desse enfoque. Não que o crime não seja importante nesse caso (se ele sair da crise, será encaminhado à delegacia da área para a prisão em flagrante, certamente), mas as equipes especiais devem ter em mente que o suicídio pode ocorrer, em decorrência de sua condição mental atual instável.

2.2.1 Criminosos

São indivíduos que causam uma crise em razão de sua prática delituosa. Geralmente, tornam-se CECs quando flagrados por equipes policiais cometendo diversos crimes, dos quais o roubo é o mais comum. Nesse estado de flagrância, podem fazer reféns ou se barricar sozinhos e armados no ponto crítico contra a ação da polícia. Há também o crime de extorsão mediante sequestro, em que o refém é levado para um local incerto denominado *cativeiro* e os criminosos exigem da família do sequestrado valores para sua liberação. Os objetivos dos criminosos envolvidos em uma crise são: garantia de vida, integridade física, liberdade, valores ou a obtenção de qualquer outra vantagem para si.

> *Em geral, os criminosos prezam por suas vidas (daí o motivo de usarem reféns como "escudos" ou se barricarem) – o que, em tese, torna o processo de negociação menos difícil.*

Em geral, os criminosos prezam por suas vidas (daí o motivo de usarem reféns como "escudos" ou se barricarem) – o que, em tese, torna o processo de negociação menos difícil. Fazem exigências realísticas, buscando garantias para uma saída de maneira íntegra do ponto crítico e, muitas vezes, têm consciência de suas limitações no processo. Desse modo, com o direcionamento técnico adequado, a crise tende a se encerrar em algumas horas. Porém, dependendo do estado mental do criminoso, a situação pode evoluir para uma ocorrência com vítima ou uma tentativa de suicídio. Em face disso, os gestores da crise devem avaliar muito bem cada caso concreto e aplicar as alternativas cabíveis de acordo com sua evolução. Esse tipo de CEC contempla também os presos rebelados quando fazem reféns no sistema prisional em que se encontram.

2.2.2 Mentalmente perturbados

O CEC mentalmente perturbado age com comportamento alterado e apresenta uma linha de raciocínio confusa, condições desencadeadas por diversos fatores. Tais alterações o levam a agir de modo que dê causa ao evento crítico. Sua conduta, muitas vezes, coloca em risco tanto a própria vida quanto a de outras pessoas que estão nas proximidades, que fazem parte de sua perturbação ou, ainda, integram o plano maior que rege seus atos. Portanto, uma pessoa pode ser qualificada como *mentalmente perturbada* por três fatores:

1. **Presença de transtornos mentais** – Pessoas com diagnósticos de transtornos mentais podem ser encontradas promovendo uma crise, principalmente depois de negligenciarem o uso de medicamentos controlados que estabilizam sua condição ou ao combinarem medicação com álcool ou outras drogas, algo que também potencializa sua perturbação. Os transtornos mais verificados

nas crises são: depressão, transtorno bipolar, esquizofrenia e afins.

2. **Abalos emocionais súbitos** – A pessoa tem sua condição mental alterada por fatos repentinos ou inesperados, como no caso de encontrar o cônjuge em flagrante de traição, ser demitido do emprego de forma humilhante, ter o relacionamento amoroso interrompido, além de se envolver em questões como dívida ou briga de trânsito. A ação de vingança do CEC contra o desafeto que lhe causou o constrangimento pode ser imediata ou planejada, levando algum tempo para ser concretizada.

3. **Abuso de drogas lícitas ou ilícitas** – Por si só, o abuso de álcool e outras drogas causa transtornos marcantes para a vida em sociedade. Quando gera ocorrências críticas, os prejuízos atingem patamares ainda mais perigosos e severos. Seu uso abusivo tende a influenciar o comportamento do indivíduo, que, por sua vez, pode causar uma crise. Quando encontrado em um ponto crítico sozinho ou mantendo reféns e vítimas, o CEC proporciona dificuldades potencializadas aos negociadores, já que as drogas distorcem seu pensamento e alteram seu comportamento.

Os mentalmente perturbados são indivíduos de trato difícil e conduta instável e temerária. De modo geral, suas exigências são irreais e deturpadas, em razão de sua condição mental instável e confusa. Muitos não prezam pela própria vida e são suicidas em potencial (todos os que causam as crises de tentativas de suicídio se enquadram aqui). As pessoas ameaçadas sofrem com a inconstância do CEC perturbado, e uma ação tática deve ser planejada e pronta para ser autorizada e colocada em prática, caso seja necessária para minimizar o risco à vida dos envolvidos.

2.2.3 Terroristas

Os terroristas, diferentemente dos criminosos comuns, agem por motivações políticas, religiosas, ideológicas, sociais, entre outras, com o intuito de intimidar, coagir e desestabilizar o Estado constituído, afetando comportamentos pela instauração do medo. Segundo Whittaker (2005, p. 40), "num determinado sentido, os objetivos terroristas são sempre políticos, já que os extremistas movidos por crenças religiosas ou ideológicas usualmente buscam poder político para compelir a sociedade e amoldar às suas opiniões". Suas ações são fundamentadas na violência e traduzidas em assassinatos, sequestros, explosões em locais púbicos, incêndios provocados, captura de reféns ou vítimas etc. Para Salignac (2011), os alvos dos terroristas são geralmente escolhidos pelo valor simbólico, pelo cunho propagandístico, pela vulnerabilidade dos locais e das pessoas atacadas e, naturalmente, pela possibilidade de êxito na ação.

> **PARA SABER MAIS**
>
> No Brasil, a legislação que trata de terrorismo é a Lei n. 13.260, de 16 de março de 2016 (Brasil, 2016). O texto legal regulamenta o inciso XLIII do art. 5º da Constituição Federal de 1988. O terrorismo é definido no art. 2º daquela lei como a "prática por um ou mais indivíduos dos atos previstos neste artigo, por razões de xenofobia, discriminação ou preconceito de raça, cor, etnia e religião, quando cometidos com a finalidade de provocar terror social ou generalizado, expondo a perigo pessoa, patrimônio, a paz pública ou a incolumidade pública" (Brasil, 2016).
>
> BRASIL. Lei n. 13.260, de 16 de março de 2016. **Diário Oficial da União**, Poder Executivo, Brasília, DF, 17

mar. 2016. Disponível em: <http://www.planalto.gov.br/ccivil_03/_Ato2015-2018/2016/Lei/L13260.htm>. Acesso em: 20 ago. 2024.

Os processos de gerenciamento e negociação em crises envolvendo terroristas são extremamente complexos, sobretudo se eles estiverem dispostos a cometer suicídio na busca pelo seu propósito, como costumam estar. Entre os objetivos mais usuais figuram: publicidade para seus atos; desestruturação e mudança de regimes de governos; demonstração de força; vingança de ações contrárias às suas ideologias; libertação de integrantes do grupo que estão presos; e, eventualmente, dinheiro para financiar o movimento.

Os terroristas têm exigências bem definidas e, apesar das dificuldades de contato, há técnicas específicas de negociação para esse tipo de CEC. Naturalmente, ações táticas devem estar planejadas e prontas para serem implementadas em caso de necessidade.

Para saber mais

Confira nos *links* indicados a seguir uma crise de 16 horas causada por um indivíduo terrorista em Sydney, na Austrália, em 2014. Na ocasião, os policiais especializados da polícia australiana invadiram o ponto crítico. O primeiro traz uma reportagem jornalística escrita, e o segundo é um vídeo sobre essa ocorrência crítica.

ATENTADO terrorista com reféns em Sydney (2014). 5 mar. 2023. 6 min. Disponível em: <https://www.youtube.com/watch?v=WdCsOMgcHKs>. Acesso em: 20 ago. 2024.

> POLÍCIA invade café de Sydney e encerra sequestro de 16 horas. **G1**, São Paulo, 15 dez. 2014. Disponível em: <https://g1.globo.com/mundo/noticia/2014/12/mais-refens-deixam-local-de-sequestro-em-cafe-de-sydney.html>. Acesso em: 20 ago. 2024.

2.2.4 Presos rebelados

O tipo de CEC qualificado como *preso rebelado* é essencialmente encontrado em ambientes prisionais, cujas crises, denominadas *rebeliões*, são motivadas pelas condições específicas de sua vida em cárcere. Durante a rebelião, que pode ocorrer com a presença de reféns, de vítimas ou com detentos armados, há a tomada de controle da unidade prisional, em sua totalidade ou parcialmente – por exemplo, um bloco, uma galeria ou até mesmo uma cela. No decorrer desses eventos, os presos rebelados frequentemente buscam reivindicar melhorias nas condições de vida no sistema prisional, demandam a revisão de suas penas, fazem protestos contra tratamentos injustos, exigem transferências para outros estabelecimentos prisionais, entre outras demandas particulares.

Qualquer ambiente que congregue pessoas em uma condição de preso ou apreendido (no caso de menores infratores) está sujeito a se tornar um local de crise com esse tipo de CEC. De acordo com Silva, Silva e Roncaglio (2021), os presos rebelados são causadores difíceis de se confrontar, exigindo dos negociadores muita paciência e dos gestores da ocorrência habilidade nas articulações com os administradores do estabelecimento prisional e com os demais envolvidos, de modo a garantir um desfecho aceitável.

2.3 Tipologia das situações críticas policiais

Identificar o tipo exato de crise em curso é fundamental para facilitar o processo de gerenciamento. Os responsáveis pelo atendimento terão grande vantagem se valorizarem as peculiaridades de cada crise. Por exemplo, uma crise em uma penitenciária com criminosos rebelados mantendo reféns apresenta particularidades que a distinguem de uma ocorrência em que um CEC mantém um refém em uma lotérica após uma tentativa de roubo frustrada. Da mesma maneira, uma tentativa de suicídio tem diferenças marcantes com relação a uma crise que envolva, por exemplo, um mentalmente perturbado que ameaça pessoas por vingança no interior de uma escola. Portanto, conhecer as ocorrências críticas e considerar suas características específicas são aspectos fundamentais para a busca de um resultado aceitável. Antes de analisá-las individualmente, confira a seguir seus tipos (Silva; Silva; Roncaglio, 2021, p. 72):

> *Identificar o tipo exato de crise em curso é fundamental para facilitar o processo de gerenciamento. Os responsáveis pelo atendimento terão grande vantagem se valorizarem as peculiaridades de cada crise.*

a. Roubos ou outros crimes frustrados com tomada de reféns.

b. Extorsões mediante sequestro.

c. Rebeliões com reféns em estabelecimentos prisionais, centros de socioeducação, cadeias públicas e delegacias.

d. Mentalmente perturbados, barricados ou não, com tomada de vítimas, reféns ou sozinhos.

e. Criminosos sozinhos e barricados contra a ação da polícia.

f. Movimentos sociais ou grupos sociais específicos (índios, por exemplo) com tomada de reféns ou vítimas.

g. Tentativas de suicídio, com CEC armado ou desarmado.

h. Ocorrências que envolvem artefatos explosivos.

i. Ações terroristas (atentados ou tomadas de reféns, ou vítimas).

j. Ocorrências envolvendo atiradores ativos ou agressores ativos (nesse caso, sem arma de fogo, mas com a utilização de arma branca ou qualquer outro objeto que sirva como arma, como um taco de beisebol ou um veículo, por exemplo).

k. Ocorrências de crimes violentos contra o patrimônio (como "novo cangaço") e domínio de cidades.

l. Tomada de aeronaves por criminosos, terroristas ou perturbados.

m. Acidentes ou catástrofes naturais de grandes proporções, a serem gerenciados pelo Corpo de Bombeiros e pelos órgãos de defesa civil; nessas ocorrências, as corporações policiais atuam em apoio.

Verifica-se que as ocorrências críticas são diferenciadas pela própria natureza e acarretam um risco elevado aos envolvidos. Como se distinguem das ocorrências policiais comuns, necessitam de um atendimento igualmente diferenciado.

2.3.1 Roubos ou outros crimes frustrados com tomada de reféns

Nesse tipo de ocorrência, o evento crítico é deflagrado quando os criminosos executam os atos delituosos ou são flagrados durante a consecução destes. O crime mais comum atrelado a esse tipo de crise é o roubo, principalmente quando os autores são surpreendidos durante seu cometimento e cercados pela força policial. Em um primeiro momento e para garantia de suas vidas, os criminosos fazem de reféns as pessoas mais próximas e passam a ameaçá-las para exigir que os policiais não se aproximem. Essas pessoas praticamente "escudos" que os protegem da ação policial. São reféns tomados e, portanto, a crise é localizada. No decorrer do evento, os CECs exigem outras demandas, em geral realísticas, com vistas a uma eventual fuga do local, como um carro ou itens que os façam se sentir mais protegidos, como coletes à prova de impacto.

Como em qualquer outra crise, uma primeira intervenção precisa ser técnica e os grupos especializados da corporação policial responsável pela área devem ser acionados para gerenciar o evento. Em tese, os criminosos prezam por sua vida e, por isso, tomam reféns. Entretanto, há casos registrados em que o CEC teve sua condição mental alterada, passando a falar em cometer suicídio, o que aumenta consideravelmente o risco para os reféns.

PARA SABER MAIS

O vídeo a seguir apresenta uma reportagem sobre uma crise com a tomada de reféns por criminosos cercados em Curitiba (PR), em 2009.

> CRISE com reféns em loja infantil em Curitiba, Paraná (2009). 29 nov. 2022. 2 min. Disponível em: <https://www.youtube.com/watch?v=8J4HB0aaT58>. Acesso em: 21 ago. 2024.

2.3.2 Extorsões mediante sequestro

A extorsão mediante sequestro é um crime hediondo contra o patrimônio, que consiste em sequestrar uma pessoa a fim de obter, para si ou para outrem, qualquer vantagem como condição ou preço do resgate. Está tipificada no art. 159 do Código Penal brasileiro (Brasil, 1940). Esse tipo de crime exige um planejamento anterior e, por isso, costuma ser perpetrado por quadrilhas especializadas. Nas décadas de 1980 e 1990, eram crimes muito comuns no Brasil, que geravam grande comoção social. A classificação como **crime hediondo** e o consequente recrudescimento das penas para os criminosos reduziram sua incidência. No entanto, ainda há registro de diversos casos desse tipo de ocorrência, que requer um atendimento técnico por parte das autoridades policiais. No Brasil, o gerenciamento desse tipo de crime cabe à Polícia Civil, abrangendo investigações e negociações necessárias por meio de seus grupos especializados. Nesse tipo de crise, o ponto crítico (cativeiro) não é conhecido e a pessoa envolvida é tecnicamente chamada de *refém sequestrado*.

> **Para saber mais**
>
> Acesse o *link* a seguir e assista a um documentário sobre a ocorrência de extorsão mediante sequestro que envolveu a filha do apresentador Silvio Santos, em 2001.

> O SEQUESTRO de Patrícia Abravanel. Investigação Paralela – Ep. 7. **Brasil Paralelo**, 18 nov. 2021. 38 min. Disponível em: <https://www.youtube.com/watch?v=U9e-fFa11xc>. Acesso em: 30 jun. 2024.

2.3.3 Rebeliões com reféns em estabelecimentos prisionais

Presos insurgentes aproveitam uma oportunidade e tomam funcionários como reféns no estabelecimento prisional em que se encontram, fazendo diversas reivindicações e ameaçando de morte e lesões os coagidos caso suas exigências não sejam cumpridas. Esse tipo de ocorrência caracteriza-se como uma crise policial, de modo que todos os procedimentos técnicos precisam ser adotados. Uma crise em um estabelecimento prisional apresenta características diferenciadas daquelas instauradas após um roubo frustrado, por exemplo. Nesse caso, como os causadores estão encarcerados, suas exigências têm a ver com suas condições. Cabe salientar que situações de meros tumultos ou badernas no local não são consideradas crises. Para ser qualificada como um evento crítico, há a necessidade da presença de reféns ou vítimas. Se não houver reféns ou vítimas, mas os rebelados barricados estiverem portando armas de fogo, também será uma crise, em razão da periculosidade do evento. Em caso de tumultos sem armas, as tropas de choque das unidades de área ou os próprios policiais penais podem intervir e retomar a ordem, resolvendo o impasse. Em caso de crise constatada, apenas os grupos policiais especializados devem atuar

> *Para ser qualificada como um evento crítico, há a necessidade da presença de reféns ou vítimas.*

diretamente no gerenciamento do evento, na busca do resultado aceitável.

As rebeliões podem ocorrer em qualquer local que congregue pessoas encarceradas: penitenciárias estaduais, cadeias públicas, delegacias e centros de socioeducação para menores infratores. Cada uma apresenta peculiaridades de atendimento, cabendo a cada estado da Federação, à luz de sua legislação específica, regular seu gerenciamento em caso de eclosão. Quando não há delimitação exata de quem deve assumir a gestão da crise, surgem conflitos institucionais entre as corporações policiais, militares, penais e civis.

No Brasil, as rebeliões têm diversas causas e, atualmente, tornaram-se tão comuns que parecem fora de controle. Além das vidas ameaçadas, os presos rebelados destroem e queimam as instalações para demonstrar força e poder a fim de obter suas exigências: transferência para outros presídios; melhoria das condições de vida no sistema; revisão das penas; melhoria no atendimento médico e dentário etc. Quando as autoridades não tratam do assunto de forma séria e técnica, as crises que eclodem no sistema prisional desencadeiam vários crimes, como cárceres privados, ameaças, lesões corporais e homicídios.

2.3.4 Mentalmente perturbados sozinhos, com tomada de reféns ou vítimas

Conforme já definido na seção sobre os tipos de CECs, o mentalmente perturbado é um indivíduo de trato difícil e comportamento instável. A perturbação mental do causador da crise pode levá-lo a cometer atos terríveis e arquitetar planos que coloquem em risco tanto a própria vida quanto a de outras pessoas. Quando flagrados pelos policiais, esses CECs agem de acordo com sua realidade, que geralmente não se confirma de maneira objetiva em comparação aos fatos à sua volta. Podem causar crises por apresentarem transtornos mentais, sofrerem abalos emocionais momentâneos ou, ainda, terem abusado de bebidas alcoólicas ou outras drogas. Em geral, são crises demoradas e que não podem ser subestimadas pelas autoridades policiais – por exemplo, não se deve tratar as vítimas como se fossem reféns –, sob pena de provocarem tragédias. Ações táticas devem estar rapidamente em condições de implementação, uma vez que as questões emocionais são urgentes para o CEC. Esse tipo de crise pode ser subdividido em três categorias: (1) mentalmente perturbados mantendo reféns, (2) mentalmente perturbados mantendo vítimas e (3) mentalmente perturbados sozinhos.

Comecemos pelos **mentalmente perturbados mantendo reféns**. Imagine um indivíduo sob influência de drogas, flagrado por policiais militares (PMs) cometendo um roubo para conseguir dinheiro a fim de adquirir mais drogas. Ele faz reféns nesse momento em decorrência do crime e age para não morrer ou não ser preso (portanto, também é qualificado como tipo *criminoso*), passando a verbalizar com os policiais que cercam o local. Sua fala é desconexa e fora da realidade, em virtude da condição de abuso de droga, o que o torna instável e mais propenso a agir fora de si e impulsivamente. As pessoas tomadas são reféns porque estão envolvidas no evento como uma garantia para o CEC. Entretanto, correm um risco bem maior do que os reféns tomados apenas por criminosos, por exemplo.

O segundo caso é o do CEC **mentalmente perturbado mantendo vítimas**. As pessoas ameaçadas (tecnicamente chamadas de *vítimas*) foram escolhidas por fazerem parte de seus problemas emocionais – o CEC pretende puni-las ou delas se vingar, entendendo que o prejudicaram de alguma maneira.

Então, eliminá-las faz parte de seu plano, motivado por um transtorno mental definido, um abalo emocional momentâneo ou abuso de drogas. Como exemplificamos anteriormente, pode ser um cônjuge traído que quer se vingar de quem o traiu, um empregado demitido que regressa ao local do trabalho para matar o ex-chefe, um indivíduo com transtorno mental que quer matar alguém para cumprir um plano superior etc. Por todo esse conjunto de características e pelo fato de que os mentalmente perturbados são suicidas em potencial, o risco que uma vítima corre é superior ao de um refém. Um exemplo desse tipo de ocorrência consta na próxima seção "Para saber mais".

O terceiro caso é o do CEC **mentalmente perturbado sozinho**, barricado em algum cômodo de uma casa, no alto de um edifício ou no meio da rua. Seu comportamento instável pode derivar de diversos fatores, tornando o atendimento complexo. Alguns exemplos típicos são: homem drogado e barricado em um quarto com facão depois de matar a mãe; CEC que tentou matar uma pessoa e se barricou sozinho em casa, alegando que as vozes em sua cabeça o incitaram a agir assim; CEC que deixou de tomar seu medicamento controlado e, armado, atirou contra seus colegas de trabalho até ser cercado por policiais em um pátio. Em tais casos também se enquadram os suicidas, indivíduos flagrados durante o prelúdio da própria morte.

PARA SABER MAIS

Para ilustrar uma ocorrência com vítimas ameaçadas por um CEC mentalmente perturbado, acesse os *links* a seguir, que contêm informações e vídeos sobre a crise na cidade de Joaquim Távora, no norte do estado do Paraná, que durou mais de 30 horas.

> DEPOIS do fim sequestro, cidade de Joaquim Távora volta ao normal. **Meio Dia Paraná**, jan. 2013. 1 min. Disponível em: <http://g1.globo.com/pr/parana/videos/v/depois-do-fim-sequestro-cidade-de-joaquim-tavora-volta-ao-normal/2341702/>. Acesso em: 21 ago. 2024.
> CRISE policial de 32 horas em Joaquim Távora, Paraná (2013). 28 nov. 2022. 3 min. Disponível em: <https://www.youtube.com/watch?v=47nDLcGmh-Y>. Acesso em: 21 ago. 2024.
> SENKOVSKI, A. et al. Homem liberta ex-mulher e se entrega à polícia depois de quase 32h. **Gazeta do Povo**, Curitiba, 11 jan. 2013. Disponível em: <https://www.gazetadopovo.com.br/vida-e-cidadania/homem-liberta-ex-mulher-e-se-entrega-a-policia-depois-de-quase-32h-coziaesjb3ezsu1rngf900ci6/>. Acesso em: 21 ago. 2024.
> SEQUESTRADOR liberta ex-mulher e se entrega após 31 horas no Paraná. **RPC**, 11 jan. 2013. Disponível em: <https://g1.globo.com/pr/parana/noticia/2013/01/sequestrador-liberta-ex-mulher-e-se-entrega-apos-31-horas-no-parana.html>. Acesso em: 21 ago. 2024.

2.3.5 Criminosos sozinhos e barricados contra a ação da polícia

Esse tipo de crise ocorre quando criminosos em fuga invadem determinado local sem ocupantes. Ao se perceberem sozinhos e sem possibilidade de evasão, montam barricadas contra a ação dos policiais e passam a ameaçá-los com suas armas de fogo para evitar uma eventual invasão do local. Em alguns casos, com receio dessa invasão, blefam para confundir as forças policiais, alegando estarem com reféns. As características são semelhantes às das crises com a presença de reféns. Em tese, os causadores prezam por suas vidas, preocupando-se em manter os PMs afastados. Em alguns casos registrados, criminosos em fuga, na impossibilidade de apanharem reféns e na iminência de serem presos por policiais em seu encalço, simulam situações de suicídio, apontando suas armas para as próprias cabeças. Nesse tipo de ocorrência, os gestores da crise devem ficar atentos tanto à hipótese de uma simulação dos criminosos quanto à possibilidade real de a condição do CEC evoluir para um comportamento perturbado e instável.

> **Para saber mais**
>
> Confira a seguir uma ocorrência de um CEC barricado contra ação policial que aconteceu em Portugal, em 2013.
>
> PSP APANHA assaltante barricado em casa-de-banho. **Correio da Manhã**, 26 jul. 2013. Portugal. Disponível em: <https://www.cmjornal.pt/portugal/detalhe/psp-apanha-assaltante-barricado-em-casa-de-banho>. Acesso em: 30 jun. 2024.

2.3.6 Movimentos ou grupos sociais com tomada de reféns ou vítimas

No Brasil, há ocorrências críticas que envolvem integrantes de movimentos sociais ou grupos sociais específicos, com questões bem definidas. Eventualmente, crises policiais são observadas durante seus atos reivindicatórios, podendo haver tomada de reféns. O evento crítico suscita a necessidade de atendimento técnico, momento em que as autoridades policiais devem aplicar as ferramentas técnicas previstas pela doutrina de GC.

Entre os movimentos sociais, há grupos ligados à reforma agrária, grupos que reivindicam moradia e, ainda, grupos afetados por ações e projetos governamentais. No caso de outros grupos sociais citados na tipologia, os principais são os indígenas, cujas reivindicações singulares eventualmente resultam na tomada de reféns. Nesse caso, o gerenciamento do evento é de responsabilidade da Polícia Federal (PF) e da Fundação Nacional dos Povos Indígenas (Funai), órgão governamental responsável pelas questões indígenas.

> **PARA SABER MAIS**
>
> Confira a seguir exemplos de crises envolvendo movimentos e grupos sociais.
>
> EM MG, CERCA de 100 índios fazem funcionários de órgão público reféns. **G1**, 26 nov. 2015. Vales de Minas Gerais. Disponível em: <http://g1.globo.com/mg/vales-mg/noticia/2015/11/em-mg-cerca-de-100-indios-fazem-funcionarios-de-orgao-publico-refens.html>. Acesso em: 21 ago. 2024.
>
> EQUIPE da TV Tarobá é feita refém do MST em Quedas do Iguaçu. **RBJ Notícias**, Francisco Beltrão, 9 mar. 2016. Disponível em: <https://rbj.com.br/equipe-da-tv-taroba-e-feita-refen-mst-em-quedas-iguacu/>. Acesso em: 21 ago. 2024.
>
> ÍNDIOS mantêm três reféns no MA, entre eles um médico cubano. **G1**, 10 set. 2015. Maranhão. Disponível em: <http://g1.globo.com/ma/maranhao/noticia/2015/09/indios-

mantem-tres-refens-em-grajau-ma-entre-eles-um-medico-cubano.html>. Acesso em: 21 ago. 2024.

MST faz dois reféns em prédio da Vale do Rio Doce. **Gazeta do Povo**, 22 ago. 2007. Disponível em: <http://www.gazetadopovo.com.br/vida-publica/mst-faz-dois-refens-em-predio-da-vale-do-rio-doce-am17w97dfb8s67ng2zqq2t0su>. Acesso em: 21 ago. 2024.

PMS DETIDOS pelo MST após invasão a assentamento na PB são liberados. **G1**, 6 out. 2013. Paraíba. Disponível em: <http://g1.globo.com/pb/paraiba/noticia/2013/10/refens-do-mst-detidos-apos-invasao-assentamento-na-pb-sao-liberados.html>. Acesso em: 21 ago. 2024.

2.3.7 Tentativas de suicídio

A tentativa de suicídio é uma crise causada por pessoa que, mentalmente transtornada, ameaça pôr fim à própria vida, sendo encontrada na iminência de executar o ato extremo. Diversos fatores podem levar o CEC suicida ao ato autodestrutivo e, por isso, é uma crise complicada e difícil de ser gerenciada. Os meios utilizados para o ato suicida também são os mais variados possíveis: armas de fogo, cordas, armas brancas, ingestão de medicamentos e substâncias tóxicas ou simplesmente o salto de um local elevado. Há técnicas muito específicas de contato com um indivíduo suicida que os negociadores devem conhecer

> Atualmente, o suicídio é reconhecido como um grave problema de saúde mundial, causando impactos incalculáveis e indeléveis nas famílias e na sociedade.

a fundo para tentar suprimir a ideia de morte e conduzi-lo para o tratamento adequado. Além disso, grupos de resgate ou GI devem estar prontos para uma eventual ação necessária.

Atualmente, o suicídio é reconhecido como um grave problema de saúde mundial, causando impactos incalculáveis e indeléveis nas famílias e na sociedade. De acordo com D'Oliveira (2006, p. 177),

> Uma tentativa de suicídio é realizada por alguém em sofrimento intenso, em risco de vida, e, portanto, deve merecer atenção cuidadosa e imediata. Considerando-se que a tentativa é uma forma de comunicação de sofrimento psíquico, a não disponibilização de um cuidado especial pode trazer consequências trágicas.

O suicídio atinge todos os grupos sociais, independentemente de condição financeira, raça, credo etc. Pessoas em posição de sucesso ou famosos em qualquer área não estão imunes à autodestruição. A Organização Mundial da Saúde (OMS), em sua obra *Preventing Suicide: a Global Imperative* (*Prevenção do suicídio: uma obrigação global*, em português), assinala:

> Cada suicídio é uma tragédia pessoal que prematuramente tira a vida de um indivíduo e tem um efeito cascata contínuo, afetando drasticamente a vida de famílias, amigos e comunidades. Todos os anos, mais de 800 mil pessoas morrem por suicídio – uma pessoa a cada 40 segundos. É uma questão de saúde pública que afeta comunidades, províncias e países inteiros. (WHO, 2014, p. 15, tradução nossa)

A palavra *suicídio* é oriunda do latim *suicidium* e significa "matar a si mesmo". As estatísticas qualificam o autoextermínio como uma das piores mazelas da humanidade. Trata-se de um fenômeno ainda muito polêmico, complexo e de difícil entendimento, cercado de ideias equivocadas (os chamados *mitos*). Há vários fatores que podem levar alguém a esse ato autodestrutivo, os quais devem ser investigados a fundo pelos negociadores para facilitar o processo de contato e acolhimento do causador. Os mais comuns são relacionamentos rompidos, presença de transtorno mental, crise vital próxima, perda de entes queridos, desemprego e perdas financeiras. Segundo Silva, Silva e Roncaglio (2021), a crise suicida surge quando as estratégias de enfrentamento das dificuldades vividas pela pessoa falham e os problemas persistem. O indivíduo não consegue superar essas adversidades apenas com seu repertório próprio de condutas de confrontação. Na prática, faltam-lhe meios e mecanismos internos para lidar com seus problemas e resolvê-los.

Um contato improvisado ou inadequado com o CEC tentando suicídio, especialmente se realizado por policiais ou bombeiros responsáveis pela primeira intervenção, pode precipitar sua morte, contrariando o objetivo primordial do GC, ou seja, a preservação das vidas envolvidas (Silva, 2020).

De pecado à afirmação de liberdade pessoal, o suicídio perpassou concepções e significados diversos no decorrer da história humana. Conforme Werlang e Asnis (2004, p. 59), o suicídio já "foi condenado, penalizado, considerado um atentado contra os princípios da existência da sociedade, um ato proibido, carente de moral, mas também, sob certas circunstâncias, foi autorizado e até encorajado". Por ser tão controverso e considerado tabu, as pessoas costumam evitar falar sobre o assunto de maneira sistematizada e aberta e as autoridades públicas pouco fazem para preveni-lo.

Cabe salientar que, no Brasil, o Código Penal não tipifica o suicídio ou sua tentativa como crime. De acordo com Paulino (2006, p. 211), "em vez de se preocupar com o suicídio, determiná-lo como crime e punir ainda mais aquela pessoa que pode não estar bem quanto a sua saúde, a lei penal se preocupou com o chamado 'induzimento ao suicídio'". Assim, o art. 122 penaliza quem induz, instiga ou auxilia o suicídio.

Quando há uma crise de tentativa de suicídio, cabe à PM e ao Corpo de Bombeiros gerenciá-la. É fundamental identificar a situação – se o suicida está armado ou desarmado – para estabelecer qual corporação será a responsável. No primeiro caso, a responsabilidade de atendimento é da PM, cujas equipes especializadas (EN, GI e GAP) têm as ferramentas necessárias para o atendimento do evento. No segundo caso, com o suicida desarmado (em altura, com ingestão de medicamentos, uso de botijão de gás, entre outros), a responsabilidade é do Corpo de Bombeiros, cujo grupo especializado em resgate de pessoas precisa dispor de mecanismos técnicos para a resolução da crise.

Com essa diferenciação e a definição de atribuições, os resultados foram altamente positivos, melhorando o atendimento, tornando as ações mais técnicas e evitando desgastes entre as corporações. Ambas necessitam, naturalmente, de apoio mútuo quando atendem uma crise específica: os bombeiros militares apoiam quando os PMs gerenciam crises com suicida armado (sobretudo quanto ao atendimento pré-hospitalar); por sua vez, os PMs têm o dever de auxiliar os bombeiros quando estes gerenciam crises com suicida desarmado, principalmente no que diz respeito ao isolamento do local da crise. Desse modo, o treinamento constante de policiais e bombeiros, a fim de alterar os comportamentos e desmistificar as ideias popularmente concebidas sobre o ato suicida, é essencial para auxiliar quem sofre e vislumbra na autodestruição a única solução.

PARA SABER MAIS

Confira a seguir um interessante documentário que faz um estudo sobre os casos de suicídio na ponte Golden Gate, em São Francisco, nos Estados Unidos.

A PONTE. Direção: Eric Steel. Reino Unido; EUA: Easy There Tiger Productions, 2006. 95 min.

Caso queira aprofundar seus estudos sobre o fenômeno do suicídio, sugerimos as leituras a seguir.

BOTEGA, N. J. **Crise suicida**: avaliação e manejo. Porto Alegre: Artmed, 2015.

MINOIS, G. **História do suicídio**: a sociedade ocidental diante da morte voluntária. São Paulo: Unesp, 2018.

WERLANG, B. G.; BOTEGA, N. J. (Org.). **Comportamento suicida**. Porto Alegre: Artmed, 2004.

WHO – World Health Organization. **Preventing Suicide**: a Global Imperative. Luxembourg, 2014. Disponível em: <https://www.who.int/publications/i/item/9789241564779>. Acesso em: 21 ago. 2024.

Confira também o art. 122 do Código Penal, que trata do suicídio.

BRASIL. Decreto-Lei n. 2.848, de 7 de dezembro de 1940. **Diário Oficial da União**, Poder Executivo, Rio de Janeiro, 31 dez. 1940. Disponível em: <http://www.jusbrasil.com.br/topicos/10625219/artigo-122-do-decreto-lei-n-2848-de-07-de-dezembro-de-1940>. Acesso em: 21 ago. 2024.

2.3.8 Ocorrências envolvendo artefatos explosivos

Esse tipo de crise apresenta alto potencial destrutivo e risco elevado aos envolvidos. Imagine um CEC criminoso portando explosivos e mantendo pessoas como reféns ou vítimas. Em casos já registrados, para obrigar o refém a sacar dinheiro em um banco, os criminosos o envolveram em um colete com explosivos para forçá-lo a cumprir a exigência. Também já houve caso em que um mentalmente perturbado afixou o colete com explosivos no corpo de um indivíduo sob alegação de ser seu inimigo, ameaçando-o por motivo de vingança. Por si só, uma crise já gera um nível de tensão elevado; entretanto, a simples menção de eventuais explosivos potencializa o nível de estresse para todos os envolvidos.

> *As corporações policiais precisam investir em grupos especializados para o trabalho com explosivos, uma vez que esse tipo de ocorrência é recorrente no cotidiano do serviço policial e um trabalho amador pode acarretar grandes tragédias.*

Há uma modalidade de ocorrência com explosivos diferente das citadas, mas também qualificada como *crise* pela doutrina de GC: quando o artefato explosivo é deixado em determinado lugar, de acordo com a intenção do causador, como forma de matar, ferir ou ameaçar as pessoas que o frequentam. Esse evento pode ser analisado como uma ação terrorista, cujo autor tenciona causar algum tipo de prejuízo, físico ou material, ou infundir pânico nos frequentadores. Quando tais artefatos explosivos improvisados são encontrados, os procedimentos técnicos devem ser aplicados pelos primeiros interventores, mesmo que haja dúvidas de que se trata, de fato, de um material com carga explosiva.

As corporações policiais precisam investir em grupos especializados para o trabalho com explosivos, uma vez que esse tipo de ocorrência é recorrente no cotidiano do serviço policial e um trabalho amador pode acarretar grandes tragédias. Portanto, logo após a primeira intervenção, os grupos especializados que congregam os *técnicos explosivistas* (como são chamados os policiais que atuam nessa área) devem comparecer à cena e tomar as providências técnicas necessárias para cada caso. No Brasil, cada corporação tem seu grupo especializado conforme a estrutura e a legislação específica de cada localidade, com vistas à atuação em eventos críticos dessa natureza.

> **PARA SABER MAIS**
>
> Confira nos *links* a seguir uma ocorrência crítica envolvendo artefatos explosivos falsos em Brasília (DF), em 2014.
>
> JORNAL do SBT (30/09/14) – Arma e dinamites usadas durante sequestro em Brasília eram falsas. **SBT News**, 30 set. 2014. 3 min. Disponível em: <https://www.youtube.com/watch?v=67pT-cu6sZw>. Acesso em: 21 ago. 2024.
> SEQUESTRO de 'refém-bomba' em Brasília chega ao fim após oito horas. **BBC Brasil**, 29 set. 2014. Disponível em: <http://www.bbc.com/portuguese/noticias/2014/09/140929_hotel_brasilia_mdb_jf>. Acesso em: 21 ago. 2024.

2.3.9 Ações terroristas

Atentados, sequestros e tomada de reféns ou vítimas são algumas das ações praticadas por terroristas e qualificadas como *crises*. O terrorismo pode ter motivações políticas, religiosas, ideológicas, separatistas, étnico-raciais, sociais e culturais. Provocado por grupos ou pessoas que exigem mudanças políticas ou sociais com ameaça ou uso de violência, é considerado uma ocorrência mais complicada de se gerenciar em virtude do caráter não convencional de sua execução, diferentemente da violência praticada com intuito criminoso. Salignac (2011) defende que a possibilidade de violência ou homicídio tende a ser significativa, pois as exigências desses causadores normalmente são inviáveis.

Segundo Williams e Head (2010, p. 23), "os terroristas sempre planejam seus ataques com a finalidade de obter o máximo de publicidade, escolhendo alvos que exemplifiquem de forma típica aquilo a que eles se opõem". Para exemplificar essa questão da propaganda almejada, as autoras citam o exemplo do Setembro Negro, grupo terrorista que matou 11 israelenses durante os Jogos Olímpicos de 1972. Todavia, o alvo, além das vítimas imediatas, foi o público estimado de um bilhão de pessoas que assistia ao evento pela televisão.

Por esses e outros aspectos, as crises envolvendo terroristas são complexas e extremamente intrincadas. Os ataques registrados nos Estados Unidos no dia 11 de setembro de 2001, por exemplo, expuseram a vulnerabilidade do mundo a atentados desse tipo e seus resultados catastróficos. Apesar dos reforços na segurança, outros casos igualmente destrutivos se sucederam: em Bali (2002), Madri (2004), Londres (2005), Mumbai (2008), Boston (2013), Paris (2015). Isso demonstra que o terrorismo é uma sombra que ameaça o mundo civilizado, especialmente se o terrorista estiver disposto a cometer suicídio na busca de seu objetivo.

Em uma crise promovida por terroristas com tomada de reféns, as autoridades devem gerenciá-la buscando todas as informações possíveis sobre o grupo ou os indivíduos envolvidos (eventualmente, o ato pode ser cometido por pessoas isoladas e simpatizantes de determinada causa, os chamados *lobos solitários*). Há técnicas específicas bem delimitadas de negociação com os indivíduos política ou religiosamente fanáticos; porém, como suas demandas são constantemente irreais ou impossíveis de serem cumpridas ou, ainda, essas pessoas demonstram vontade de morrer pela causa, os GI que atendem à crise devem estar plenamente aptos a planejar e executar ações táticas com certa urgência.

> **PARA SABER MAIS**
>
> Caso queira aprofundar seus estudos sobre ações terroristas, consulte as obras a seguir.
>
> VISACRO, A. **Guerra irregular**: terrorismo, guerrilha e movimentos de resistência ao longo da história. São Paulo: Contexto, 2009.
>
> WHITTAKER, D. J. **Terrorismo**: um retrato. Rio de Janeiro: Biblioteca do Exército, 2005.
>
> WILLIAMS, A.; HEAD, V. **Ataques terroristas**: a face oculta da vulnerabilidade. São Paulo: Larousse, 2010.
>
> Nos *links* a seguir, indicamos casos reais de terrorismo citados nesta seção.

Bali, Indonésia (2002)

20º ANIVERSÁRIO dos atentados em Bali que causaram mais de 200 mortos, a maioria estrangeiros. **SIC Notícias**, 12 out. 2022. Disponível em: <https://sicnoticias.pt/olhares-pelo-mundo/2022-10-12-20.-aniversario-dos-atentados-em-Bali-que-causaram-mais-de-200-mortos-a-maioria-estrangeiros-80764541>. Acesso em: 21 ago. 2024.

Madri, Espanha (2004)

ESPANHA lembra 10 anos do maior atentado terrorista de sua história. **O Globo**, 10 mar. 2014. Disponível em: <http://oglobo.globo.com/mundo/espanha-lembra-10-anos-do-maior-atentado-terrorista-de-sua-historia-11842357>. Acesso em: 21 ago. 2024.

Londres, Inglaterra (2005)

GUIMÓN, P. Londres recorda as vítimas do ataque terrorista de 10 anos atrás. **El País**, 7 jul. 2015. Internacional. Disponível em: <https://brasil.elpais.com/brasil/2015/07/07/internacional/1436261292_790441.html>. Acesso em: 21 ago. 2024.

Mumbai, Índia (2008)

PERLEZ, J. Atentados em Mumbai: novo risco na zona de perigo. **G1**, 7 dez. 2008. Mundo. Disponível em: <https://g1.globo.com/Noticias/Mundo/0,,MUL913061-5602,00-ATENTADOS+EM+MUMBAI+NOVO+RISCO+NA+ZONA+DE+PERIGO.html>. Acesso em: 21 ago. 2024.

> **Boston, Estados Unidos (2013)**
>
> EXPLOSÕES deixam mortos e feridos na chegada da Maratona de Boston. **G1**, São Paulo, 17 abr. 2013. Mundo. Disponível em: <http://g1.globo.com/mundo/noticia/2013/04/explosoes-deixam-mortos-e-feridos-na-chegada-da-maratona-de-boston.html>. Acesso em: 21 ago. 2024.
>
> **Paris, França (2015)**
>
> ATAQUES terroristas em Paris deixam dezenas de mortos. **G1**, São Paulo, 13 nov. 2015. Mundo. Disponível em: <http://g1.globo.com/mundo/noticia/2015/11/tiroteios-e-explosoes-sao-registrados-em-paris-diz-imprensa.html>. Acesso em: 21 ago. 2024.

2.3.10 Ocorrências envolvendo atiradores ou agressores ativos

Dois adolescentes vestidos com sobretudos pretos e portando várias armas de fogo invadem a escola onde estudam e passam a atirar em todos os que encontram pelo caminho, como vingança pelas supostas pressões impostas pelos colegas. O massacre continua pelos fatídicos 50 minutos seguintes, até que ambos, na biblioteca, apontam suas armas para a própria cabeça e, juntos, cometem suicídio. Ao entrarem no local, as autoridades policiais encontram 13 mortos, dezenas de feridos e várias centenas de apavorados (Donnelley, 2011). O que poderia ser um roteiro fictício de cinema aconteceu na escola Columbine, no Colorado (Estados Unidos), no dia 20 de abril de 1999. Profundamente trágico, o evento estampou nas manchetes um infortúnio que revisitaria o país ainda muitas vezes.

> **Para saber mais**
>
> Indicamos a seguir alguns conteúdos para que você se aprofunde no estudo do caso ocorrido na escola Columbine, nos Estados Unidos, em 1999.
>
> ATAQUE à escola Columbine, em 1999, deixou 15 mortos. **G1**, São Paulo, 20 jul. 2012. Disponível em: <http://g1.globo.com/mundo/noticia/2012/07/ataque-escola-columbine-em-1999-deixou-15-mortos.html>. Acesso em: 21 ago. 2024.
>
> MASSACRE de Columbine. **Memória Globo**, 28 out. 2021. Disponível em: <https://memoriaglobo.globo.com/jornalismo/coberturas/massacre-de-columbine/noticia/massacre-de-columbine.ghtml>. Acesso em: 21 ago. 2024.
>
> MASSACRE na Escola Columbine – Colorado, EUA (1999). 7 set. 2021. 46 min. Disponível em: <https://www.youtube.com/watch?v=i7koTy8sfm4>. Acesso em: 21 ago. 2024.
>
> MOREIRA, E. Os relatos da mãe de um dos atiradores do massacre de Columbine. **AH – Aventuras na História**, 20 abr. 2023. Disponível em: <https://aventurasnahistoria.uol.com.br/noticias/reportagem/os-relatos-da-mae-de-um-dos-atiradores-do-atentado-em-columbine.phtml> Acesso em: 21 ago. 2024.
>
> TIROS em Columbine. Direção: Michael Moore. EUA: United Artists, 2002. 120 min.

Apesar de fatos semelhantes, protagonizados pelos chamados *atiradores ativos*, já terem acontecido nos Estados Unidos e em outros países antes da tragédia de Columbine, a partir desse episódio, as autoridades policiais norte-americanas perceberam a necessidade de mudar os procedimentos ao atender esse tipo de crise.

Em Columbine, os policiais que fizeram a primeira intervenção no incidente seguiram as técnicas em vigência na época e não entraram no local, acionando o grupo especializado da polícia, a SWAT, para assumir a crise, enquanto permaneciam do lado de fora, conforme o protocolo. Os minutos de espera foram cruciais para que os atiradores cumprissem seu plano nefasto sem interferências, até o final apoteótico, com os respectivos suicídios na biblioteca da escola. Diante disso, os procedimentos foram modificados, enfocando sobretudo o papel do primeiro intervenor, que precisa ser rápido e agir com firmeza para identificar e neutralizar a ação do atirador antes que ele faça mais vítimas.

O termo *atirador ativo* (em inglês, *active shooter*) foi institucionalizado e amplamente difundido pelas agências de segurança dos Estados Unidos a partir dos anos 2000, especialmente após ocorrências de tiroteios em escolas e outros locais públicos, como no massacre de Columbine. O Federal Bureau of Investigation (FBI) expandiu o conceito e definiu "atirador ativo como um ou mais indivíduos envolvidos ativamente em matar, ou tentar matar, pessoas em uma área povoada" (FBI, 2023, p. 1, tradução nossa). Essa concepção incluiu mais de um indivíduo em uma ocorrência e omitiu a palavra *confinada*, anteriormente utilizada pelo Departamento de Segurança Interna dos Estados Unidos (U.S. Department of Homeland Security, 2008), pois esse termo exclui incidentes que ocorrem em ambientes abertos e fora de prédios. Cabe salientar que nesse conceito está implícito o uso de arma de fogo pelo atirador.

No Brasil, também se popularizou o termo *agressor ativo*, já que nem todas as crises desse tipo são perpetradas com armas de fogo. Para cometer seus atos, o atacante geralmente se utiliza de outros meios para causar mortes, como facas, punhais, canivetes, flechas, machados e até veículos – nesse caso, utilizados para matar pessoas por atropelamento. Um exemplo de uso de veículo para esse fim ocorreu em Nice, na França, em 14 de julho de 2016. Um agressor ativo com intenção terrorista avançou deliberadamente com um caminhão contra a multidão que celebrava o Dia da Bastilha. O motorista percorreu aproximadamente 2 km em alta velocidade, desviando para atingir o maior número possível de vítimas. O ataque resultou na morte de 86 pessoas, incluindo crianças, e feriu mais de 400. A polícia conseguiu neutralizar o atacante, matando-o a tiros após cerca de cinco minutos de terror (Wesel, 2017).

Uma característica inerente a esse tipo de ocorrência é sua brevidade, visto que geralmente dura apenas alguns minutos. Segundo Papale (2013, p. 20, tradução nossa), "mesmo em tempos de resposta extremamente rápida da polícia, determinados atiradores provaram ser capazes de causar enormes danos antes de serem confrontados com uma resposta policial armada". Por esse motivo, as autoridades norte-americanas também investem de maneira intensiva na informação dos civis sobre os procedimentos a serem adotados, considerando que a ajuda policial demorará alguns minutos para chegar. Os procedimentos para o atendimento dessas crises começaram a ser amplamente disseminados entre as forças policiais brasileiras nos últimos anos, em resposta ao crescente número de casos no país.

Um dos primeiros casos de grande impacto registrados no Brasil ocorreu em São Paulo, em 1999. O estudante de Medicina Mateus da Costa Meira, à época com 24 anos, matou três e feriu quatro pessoas com tiros de uma submetralhadora na sala 5 do cinema do Morumbi Shopping, na capital paulista. O jovem foi preso, condenado e continua internado no Hospital de

Custódia e Tratamento Psiquiátrico em Salvador (BA), cidade onde nasceu (Quintella, 2023). Um segundo caso de grande repercussão ocorreu na Escola Tasso da Silveira, no Rio de Janeiro, no bairro Realengo, em 7 de abril de 2011. O ex-aluno Wellington Menezes de Oliveira, de 23 anos, abriu fogo contra os estudantes e matou 12 adolescentes, entre 13 e 16 anos (dez meninas e dois meninos). O atirador foi atingido por um PM que trabalhava em frente à escola organizando o trânsito. O sargento entrou e efetuou disparos contra o atirador, que caiu ferido em uma escada e cometeu suicídio, evitando mais mortes (Brasil; Diniz; Segalla, 2011).

A partir de 2017, os ataques de atiradores e agressores ativos no Brasil começaram a ficar mais frequentes. Figuram entre as principais situações registradas em escolas e outros ambientes as listadas a seguir (Veloso; Pimentel, 2023; Atirador..., 2023; Wurmeister; Kobus, 2018; Ataque..., 2018):

» **Janaúba (MG), 5 de outubro de 2017** – O vigia de uma creche da cidade jogou gasolina no próprio corpo e em várias crianças e, em seguida, ateou fogo. O crime resultou na morte de dez crianças e três adultos. O autor do ataque morreu horas depois, em estado gravíssimo, em virtude de queimaduras em 100% do corpo.

» **Goiânia (GO), 20 de outubro de 2017** – Um adolescente de 14 anos, aluno do Colégio Goyazes e filho de policiais militares, levou para a escola a pistola calibre 40 da mãe e disparou contra os colegas. Dois estudantes foram mortos e outros quatro ficaram feridos. O estudante foi apreendido.

» **Medianeira (PR), 28 de setembro de 2018** – Um adolescente de 15 entrou armado e atirou contra colegas de classe do Colégio Estadual João Manoel

Mondrone. Dois alunos ficaram feridos, sendo um deles gravemente, com um tiro nas costas, próximo à coluna vertebral. O menor foi apreendido e afirmou em seu depoimento que vinha sofrendo assédio na escola.

» **Campinas (SP), 11 de dezembro de 2018** – Um homem de 49 anos entrou na Catedral de Nossa Senhora da Conceição com duas armas e começou a atirar aleatoriamente contra os fiéis. Ele matou cinco pessoas e feriu outras três. Depois de ser baleado por policiais militares que entraram no recinto, cometeu suicídio.

» **Suzano (SP), 13 de maio de 2019** – Dois indivíduos, de 17 e 25 anos, atacaram a Escola Estadual Raul Brasil. Foram oito mortos, além dos dois atiradores. Os autores se mataram ainda na cena do crime. Os dois eram ex-alunos do colégio. Eles atingiram sete pessoas dentro da escola, sendo cinco alunos e duas funcionárias. Além disso, os assassinos mataram o dono de um comércio localizado próximo à escola.

» **Saudades (SC), 4 de maio de 2021** – Um homem de 19 anos invadiu uma escola infantil portando uma faca e deixou cinco mortos: três crianças e duas funcionárias. Depois do ato, ele tentou cometer suicídio, mas não conseguiu o intento e foi preso.

» **Barreiras (BA), 26 de setembro de 2022** – Um aluno de 15 anos invadiu a escola cívico-militar que frequentava na cidade e matou uma jovem cadeirante com um revólver que pegara do pai. Horas antes, o assassino havia feito uma publicação em suas redes sociais sobre o ataque.

» **Sobral (CE), 5 de outubro de 2022** – Um adolescente de 15 anos atirou com uma arma em três jovens de uma escola pública da cidade. Um dos estudantes atingidos morreu.

» **Aracruz (ES), 25 de novembro de 2022** – Um atirador de 16 anos matou três pessoas em dois ataques consecutivos. O assassino invadiu uma escola estadual e fez vários disparos, matando duas professoras. Em seguida, invadiu uma escola particular e matou uma aluna.

» **São Paulo (SP), 27 de março de 2023** – Um adolescente de 13 anos esfaqueou quatro professores e dois alunos na Escola Estadual Thomazia Montoro, na zona sul da cidade. A professora Elisabeth Tenreiro, de 71 anos, não resistiu aos ferimentos e morreu.

» **Blumenau (SC), 5 de abril de 2023** – Um homem de 25 anos invadiu a Creche Bom Pastor e atacou as crianças, provocando a morte de quatro delas. Logo depois do crime, o assassino se entregou em um batalhão da PM e foi preso.

» **Cambé (PR), 19 de junho de 2023** – Um homem de 21 anos armado, ex-aluno do Colégio Estadual Professora Helena Kolody, entrou no local e efetuou disparos. Matou uma aluna e um aluno, ambos de 16 anos. Dois dias depois, cometeu suicídio por enforcamento na prisão.

Esses registros, cada vez mais constantes, demonstram que é imperativo para as corporações policiais brasileiras manter um treinamento contínuo e especializado de seus efetivos para o atendimento eficaz de crises dessa natureza.

2.3.11 Tomada de aeronaves por criminosos, terroristas ou mentalmente perturbados

Trata-se de um tipo de crise que merece muita atenção das autoridades brasileiras, principalmente pelo registro de várias ocorrências no país. Embora rara, essa situação aumenta significativamente o risco para os envolvidos, especialmente quando a aeronave tomada é comercial e transporta muitos passageiros. A preocupação deve transcender o cunho terrorista, estendendo-se às ações criminosas e às praticadas por indivíduos mentalmente perturbados. Por vezes, como já registrado pelo noticiário jornalístico nacional, uma pessoa com instabilidade mental em virtude de transtornos psiquiátricos ou uso de drogas pode tentar sequestrar uma aeronave para concretizar planos distorcidos em sua mente. Com relação ao terrorismo, após o atentado de 11 de setembro de 2001, o aumento da vigilância nos aeroportos dificultou imensamente a tomada de aeronaves; entretanto, é crucial que as autoridades estejam cientes de que os terroristas estão sempre em busca de maneiras de contornar os sistemas de segurança.

> **PARA SABER MAIS**
>
> Confira a seguir indicações referentes a uma crise de tomada de aeronave no Brasil no ano de 1988.
>
> O SEQUESTRO do voo 375. Direção: Marcus Baldini. Brasil, 2023. 107 min.
>
> SEQUESTRO do voo 375 da VASP no Brasil (1988). 10 set. 2023. 6 min. Disponível em: <https://www.youtube.com/watch?v=BfAf7Dx01rE>. Acesso em 21 ago. 2024.

> STOCHERO, T. Sequestrador tentou jogar avião no Planalto 13 anos antes do 11/9. **G1**, São Paulo, 6 set. 2011. Disponível em: <http://g1.globo.com/11-de-setembro/noticia/2011/09/sequestrador-tentou-jogar-aviao-no-planalto-13-anos-antes-do-119.html>. Acesso em: 21 ago. 2024.

No Brasil, segundo Thomé e Salignac (2001, p. 153), "o gerenciamento desse tipo de crise será de responsabilidade do Departamento de Polícia Federal (DPF)". A própria PF expediu uma norma, a Instrução Normativa n. 8, de 18 de outubro de 1988, ainda em vigor, que regulamenta o exercício das atribuições legais da PF quanto à prevenção e à repressão dos atos ilícitos praticados a bordo de aeronave (Thomé; Salignac, 2001).

Basicamente, a norma estabelece que a PF deve ser acionada sempre que uma crise dessa natureza eclodir, para assumir as operações policiais relativas ao seu gerenciamento. De acordo com Betini e Tomazi (2014), a Instrução Normativa n. 13, de 15 de junho de 2005, complementa a norma anterior, definindo em seu art. 19, inciso II, que seu grupo especializado, o Comando de Operações Táticas (COT), é "o responsável por planejar, promover, coordenar e avaliar a execução das ações táticas, nas situações de sequestro, de apoderamento ilícito de aeronaves (ressalvada a competência militar) e de emprego para ações terroristas" (Brasil, 2005, p. 14).

Os grupos especializados das polícias estaduais também devem realizar treinamentos de ações táticas em aeronaves, pois, se eventualmente solicitados, podem apoiar o COT em suas ações.

> **PARA SABER MAIS**
>
> Para ler a Instrução Normativa n. 13/2005 na íntegra, acesse o *link* a seguir.
>
> BRASIL. Polícia Federal. Ministério da Justiça e da Cidadania. Instrução Normativa n. 13, de 15 de junho de 2005. **Suplemento ao BS**, n. 113, 16 jun. 2005. Disponível em: <https://www.gov.br/pf/pt-br/acesso-a-informacao/institucional/in-13.pdf>. Acesso em: 6 ago. 2024.

2.3.12 Acidentes ou catástrofes naturais de grandes proporções

De proporções gigantescas, esses eventos sugerem um gerenciamento integrado entre as várias corporações e entidades ligadas às áreas de segurança pública e defesa civil responsáveis pelo território onde ocorreu o sinistro. O apoio dos mais variados órgãos públicos e privados é igualmente necessário, pois se trata de uma ocorrência que normalmente atinge patamares elevados de destruição e um risco violento para as pessoas envolvidas diretamente ou que estejam próximas ao local do desastre.

Além do GC, uma ferramenta ainda mais apropriada para administrar desastres é o chamado *sistema de comando de incidentes* (SCI), uma "ferramenta projetada para a administração de emergências, criada a partir dos incêndios na Califórnia no final dos anos 70 quando a desorganização de vários órgãos levou problemas ao seu atendimento" (Aguiar, 2013, p. 232). A doutrina de SCI tem sido difundida mundo afora e já é aplicada pela maioria dos grupos de emergência. A familiaridade com esse sistema garante que todos os integrantes, mesmo de diferentes órgãos, cumpram de modo eficiente os objetivos do atendimento.

Podemos citar como exemplos de acidentes de grandes proporções enquadrados nessa tipologia:

» **Goiânia (GO), 1987** – Uma ocorrência com o césio-137, considerado o pior acidente radiológico em área urbana da história, matou 66 pessoas e deixou centenas com sequelas.
» **São Paulo (SP), 2007** – Um avião da empresa TAM caiu no aeroporto de Congonhas.
» **Mariana (MG), 2015** – A ruptura de duas barragens contendo lama resultante da produção de minério de ferro devastou vários povoados, matando mais de uma dezena pessoas, deixando centenas de desabrigados e causando danos ambientais gigantescos e irreversíveis.
» **Vale do Taquari (RS), 2023** – A região foi afetada por um ciclone seguido de enchentes. Na ocasião, 54 pessoas morreram e quatro seguem desaparecidas.

Em abril de 2024, o estado do Rio Grande do Sul voltou a ser duramente castigado por fortes chuvas, o que resultou em números ainda mais devastadores. As enchentes atingiram 471 cidades, causando a morte de 169 pessoas e forçando mais de 600 mil a deixar suas casas (Um mês..., 2024). Trata-se, sem dúvida, de um desafio monumental para as autoridades locais, bem como para as forças de defesa civil e segurança e para os profissionais da saúde mobilizados para prestar apoio, que precisam atuar com integração e eficiência para mitigar os danos e auxiliar a população afetada.

PARA SABER MAIS

Acesse os *links* a seguir para saber mais sobre o desastre ocorrido na cidade de Mariana, no interior mineiro.

DESASTRE ambiental em Mariana. **G1**. Minas Gerais. Disponível em: <http://g1.globo.com/minas-gerais/desastre-ambiental-em-mariana/>. Acesso em: 21 ago. 2024.
GONÇALVES, E.; FUSCO, N. Tragédia em Mariana: para que não se repita. **Veja**, São Paulo, 11 nov. 2015. Disponível em: <https://veja.abril.com.br/especiais/tragedia-em-mariana-para-que-nao-se-repita>. Acesso em: 21 ago. 2024.

Para saber mais sobre as enchentes no Rio Grande do Sul em 2024, leia a reportagem a seguir.

UM MÊS de enchentes no RS: veja cronologia do desastre. **G1**, 29 maio 2024. Rio Grande do Sul. Disponível em: <https://g1.globo.com/rs/rio-grande-do-sul/noticia/2024/05/29/um-mes-de-enchentes-no-rs-veja-cronologia-do-desastre.ghtml>. Acesso em: 6 ago. 2024.

Para conhecer as leis que normatizam as questões dos desastres e da Defesa Civil no Brasil, acesse os *links* a seguir.

Lei n.12.608/2012 – Estabelece o Sistema Nacional de Proteção e Defesa Civil e institui a Política de Nacional de Proteção e Defesa Civil.
BRASIL. Lei n. 12.608, de 10 de abril de 2012. **Diário Oficial da União**, Poder Executivo, Brasília, DF, 11 abr. 2012. Disponível em: <http://www.planalto.gov.br/

> ccivil_03/_Ato2011-2014/2012/Lei/L12608.htm>. Acesso em: 21 ago. 2024.
>
> **Lei n.12.983/2014 – Trata da transferência de recursos a estados e municípios e revoga alguns dispositivos da Lei 12.340/2010.**
> BRASIL. Lei n. 12.983, de 2 junho de 2014. **Diário Oficial da União**, Poder Executivo, Brasília, DF, 3 jun. 2014. Disponível em: <http://www.planalto.gov.br/ccivil_03/_Ato2011-2014/2014/Lei/L12983.htm>. Acesso em: 21 ago. 2024.

Síntese

Considerando a gama de ocorrências apresentadas, você pôde perceber que as crises se verificam de diversas maneiras e desafiam as autoridades policiais responsáveis pelo seu gerenciamento. O conhecimento de cada uma, à luz de um estudo individualizado e não generalista, possibilita seu atendimento adequado, com vistas a uma solução aceitável.

Estudo de caso

Pedro* era um homem violento e que agredia de modo contumaz sua esposa Tereza*. O casal vivia junto há cinco anos e tinha dois filhos pequenos, que testemunhavam as ameaças e agressões. A conduta agressiva de Pedro era potencializada sempre que ele ingeria bebidas alcoólicas. Insatisfeita, Tereza

---

* Nomes fictícios.

resolveu pôr fim à situação: disse a Pedro que iria embora com os filhos, pois não queria mais viver daquele jeito. Como não estava embriagado no momento, Pedro não teve qualquer reação violenta. Saiu de casa e foi para o bar. Ficou algumas horas no local até resolver voltar para casa, decidido a tentar uma reconciliação com Tereza. Ao chegar, ela e as crianças não estavam mais lá. Pedro entrou, apanhou seu revólver e foi à casa da cunhada, onde provavelmente a esposa estaria. Visivelmente embriagado, invadiu a casa e encontrou Tereza e os filhos. Pediu perdão, mas a mulher foi firme e não aceitou reatar. Diante da negativa, sacou seu revólver e ameaçou matar Tereza caso ela não reconsiderasse. A cunhada, presenciando a cena, apanhou as crianças e correu para fora em busca de ajuda. A Polícia Militar (PM) foi avisada. Uma equipe da PM chegou e cercou a casa. Assim, uma crise localizada de cárcere privado teve início. Pedro gritava no interior da residência que iria matá-la em virtude da separação. O gerenciamento da crise foi montado com todas as ferramentas necessárias. A mídia passou a divulgar a ocorrência em tempo real. Uma manchete de determinado veículo de imprensa estampava: "Homem faz mulher refém e a ameaça de morte por problemas conjugais".

Analisando a notícia da imprensa e trazendo-a à luz da doutrina, nota-se que há uma incorreção conceitual. Tereza não é tecnicamente uma "refém", mas uma "vítima". Lembre-se de que uma vítima é envolvida em uma crise por questões emocionais, transtornos mentais do causador do evento crítico (CEC) ou vingança. Nesse caso, percebe-se que Pedro estava emocionalmente perturbado com a separação da esposa e queria se vingar dela. Portanto, Tereza deve ser qualificada conceitualmente como *vítima*, e não como *refém*. Voltando ao contexto da crise, depois de três horas e meia, o CEC foi convencido a libertar a esposa e foi preso.

Exercício resolvido

1) Assinale a alternativa que **não** apresenta uma ocorrência qualificada como *crise policial*:

   a. Refém mantido em cárcere privado por criminoso armado.
   b. Briga de torcedores em estádio de futebol.
   c. Atirador ativo agindo no interior de uma empresa.
   d. Terroristas mantendo reféns em aeronave.
   e. Indivíduo tentando suicídio no alto de um edifício.

   Resposta: Alternativa "b". Uma briga de torcedores deve ser atendida pelos esforços da unidade de área, com o apoio de grupos de policiais pertencentes à tropa de choque. Portanto, não se caracteriza como uma crise.

Questões para revisão

1) Cite três ocorrências policiais qualificadas como *críticas*.
2) Defina *causador do evento crítico* (CEC).
3) Pessoa cujo contato com o causador do evento crítico (CEC), orientado e protegido, é considerado uma ferramenta de barganha por algum benefício ao causador:

   a. Vítima.
   b. Intermediário.
   c. Refém.
   d. Mentalmente perturbado.
   e. Negociador.

4) Sobre a ocorrência crítica de tentativa de suicídio, assinale a alternativa correta:

   a. Vários fatores podem desencadear na pessoa suicida o desejo de autodestruição.
   b. O suicídio é um problema exclusivo de pessoas pobres e doentes.
   c. Qualquer policial ou bombeiro, mesmo sem especialização, tem condições de estabelecer contato técnico com um indivíduo suicida.
   d. As autoridades investem bastante na prevenção do suicídio, inclusive informando a população de maneira sistemática sobre o problema.
   e. Atualmente, a Organização Mundial da Saúde (OMS) qualifica o suicídio como uma "afirmação da liberdade pessoal".

5) Assinale o tipo de causador do evento crítico (CEC) que age por questões ideológicas, políticas ou religiosas a fim de intimidar, coagir e desestabilizar a situação:

   a. Mentalmente perturbado.
   b. Preso rebelado.
   c. Criminoso.
   d. Atirador ativo.
   e. Terrorista.

Perguntas & respostas

1) Quais são os quatro tipos de causadores do evento crítico (CECs) previstos pela doutrina de gerenciamento de crises (GC)?

   Criminosos, mentalmente perturbados, presos rebelados e terroristas.

2) Qual é a definição de *gerenciamento de crises* (GC)?

   Trata-se de um sistema amplo que congrega diversos atores, funções e etapas e que estabelece as diretrizes gerais para o atendimento das ocorrências qualificadas como *críticas*. O foco primordial desse processo sistemático é conduzir a crise ao encerramento adequado por meio de um trabalho conjunto e harmonioso de todos envolvidos, com a utilização de procedimentos técnicos devidamente amparados pelos ditames legais vigentes.

III

Fases do gerenciamento de crises (GC)

CONTEÚDOS DO CAPÍTULO:

» Fases do gerenciamento de crises (GC).
» Evolução de cada fase do GC.

APÓS O ESTUDO DESTE CAPÍTULO, VOCÊ SERÁ CAPAZ DE:

1. compreender a evolução das fases da doutrina de GC;
2. identificar as quatro fases do GC;
3. discorrer sobre a dinâmica e as atividades inerentes a cada fase.

Neste capítulo, abordaremos a divisão do processo de gerenciamento de crises (GC) em etapas. Apresentaremos as fases da doutrina clássica de GC para, então, partir para uma divisão mais moderna e atualizada. Cada fase será estudada *per si*, em todas as suas peculiaridades.

3.1 Evolução das fases do gerenciamento de crises (GC)

Uma das premissas fundamentais com relação às crises policiais é que são ocorrências que seguem determinados padrões de funcionamento, apresentando características similares. Todavia, o processo de gerenciamento de uma ocorrência crítica não segue regras fixas, mas protocolos de atuação, já que, apesar das similaridades, nenhuma crise é idêntica a outra. Como exemplo, podemos citar o caso de duas crises de roubo frustrado com a tomada de reféns envolvendo o mesmo causador do evento crítico (CEC). A despeito de ser o mesmo causador, as circunstâncias de cada crise são distintas. Além disso, o próprio CEC já traz na bagagem a experiência da primeira crise – o que, invariavelmente, afetará sua conduta na segunda. Portanto, o que foi aplicado pelos responsáveis pelo gerenciamento no primeiro contexto pode ser inviável para resolver o segundo.

Por tais motivos e para facilitar o atendimento, a doutrina estabelece fases para o processo de GC. Considerando os padrões verificados nos eventos críticos e suas características, as fases indicam condutas a serem seguidas antes, durante e depois de uma crise.

Da doutrina clássica aportada no Brasil na década de 1990, conforme Monteiro et al. (2008, p. 33), eis as fases para o GC, também chamadas de *fases da confrontação*:

1. Pré-confrontação ou preparo.
2. Resposta imediata.
3. Plano específico.
4. Resolução.

De acordo com os autores dessa divisão, cada fase tem um nome autoexplicativo: a **pré-confrontação** ou **preparo** antecede o evento crítico e é o momento em que a corporação policial competente se prepara para sua eclosão; a **resposta imediata** é o momento de reação à crise, incluindo as medidas iniciais das tropas regulares e toda a organização do sistema de gerenciamento para o caso individual; na fase do **plano específico**, as autoridades discutem e elaboram um plano para solucionar a crise; por fim, a **resolução** ocorre quando se executa o plano projetado. Além dessas fases, "alguns autores consideram que as decisões tomadas após o término de um evento crítico consubstanciariam uma nova fase denominada **pós-confrontação**" (Monteiro et al., 2008, p. 33, grifo nosso).

O processo de gerenciamento de uma ocorrência crítica não segue regras fixas, mas protocolos de atuação, já que, apesar das similaridades, nenhuma crise é idêntica a outra.

Seguindo-se o mesmo raciocínio, mas com o intuito de atualizar os conceitos e simplificar o entendimento, foi proposta uma classificação diferente, com novas terminologias. A essência básica permanece, porém vários procedimentos foram repensados e revistos para facilitar a visão geral do processo de gerenciamento de uma crise e, consequentemente, sua aplicação prática. A nova formatação consiste em quatro fases bem definidas e cíclicas*: pré-crise, primeira intervenção em crises (PIC), gerenciamento propriamente dito e pós-crise.

As fases do GC estão ilustradas na Figura 3.1 e, na sequência, serão analisadas individualmente.

Figura 3.1 – Fases do gerenciamento de crises

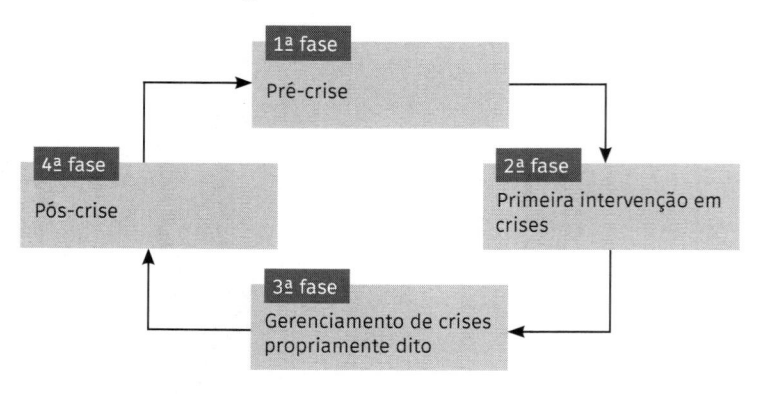

```
                    1ª fase
                    Pré-crise

4ª fase                              2ª fase
Pós-crise                            Primeira intervenção em
                                     crises

                    3ª fase
                    Gerenciamento de crises
                    propriamente dito
```

3.2 Pré-crise

Na fase da *pré-crise*, como o próprio nome denota, a corporação policial legal e/ou normativamente competente para atender as ocorrências críticas na área territorial sob sua responsabilidade deve se preparar para sua iminente eclosão. O preparo é muito abrangente: treinamentos gerais e específicos, aquisição de equipamentos, armamentos e materiais próprios das equipes especializadas, além do trabalho de prevenção às crises, a fim de se evitar qualquer risco à vida das pessoas envolvidas.

---

* Na classificação anterior, há certa confusão entre as etapas.

O GC pressupõe um comportamento proativo e antecipatório por parte das corporações policiais:

> Quanto mais treinada e preparada estiver uma organização policial para o enfrentamento de eventos críticos, maiores serão suas chances de obter um bom resultado. Em outras palavras, cuida-se aqui de mudar uma mentalidade organizacional meramente reativa (eminentemente passiva, que consiste em somente agir após a eclosão dos eventos) para uma postura organizacional proativa (onde as ações de prevenção e antecipação são prioritárias). (Monteiro et al., 2008, p. 33)

A preparação deve abranger todos os níveis da organização policial, pois as consequências de uma crise podem atingir não somente os integrantes que participaram diretamente da ação. As autoridades civis e os comandantes da corporação policial competente precisam compreender o funcionamento do sistema de gerenciamento e investir pesadamente nos grupos responsáveis pela atuação direta nas crises. Autoridades que não se envolvem ou não se interessam pelo assunto tendem a se preocupar com o problema apenas quando ele eclode – e, portanto, não há mais tempo para treinamentos e preparações, restando a mera tentativa de remediar a situação e resolvê-la como for possível, de maneira empírica e amadora. Nas ocorrências críticas, condutas malsucedidas ganham muita visibilidade pela ação da imprensa, devendo ser evitadas.

> *Considerando-se que qualquer policial, cumprindo escalas de serviços ou desempenhando qualquer atividade, pode se deparar com uma crise em andamento, a capacitação teórica e prática de todo o efetivo em PIC é essencial.*

Quanto à capacitação do efetivo, pode-se dividi-lo em treinamentos gerais e específicos. Os **treinamentos gerais** são necessários a todos os componentes da corporação, a exemplo da capacitação de seus integrantes em PIC, independentemente de posto, graduação, cargo ou função. Considerando-se que qualquer policial, cumprindo escalas de serviços ou desempenhando qualquer atividade, pode se deparar com uma crise em andamento, a capacitação teórica e prática de todo o efetivo em PIC é essencial. A capacitação de comandantes em GC, tanto em cursos de especialização quanto em cursos de nível estratégico (cursos de aperfeiçoamento de oficiais nas polícias militares, por exemplo), é outro treinamento de papel extremamente significativo no contexto. Um curso de especialização policial em GC geralmente conta com cerca de 120 horas-aula, variando conforme o estado da Federação.

Considere que, por força normativa e doutrinária, determinado comandante de uma unidade policial recebe a missão de gerenciar uma crise que ocorre em sua área de responsabilidade territorial. Nesse caso, é substancial que ele saiba agir tecnicamente. Do mesmo modo, é importante que o efetivo tenha noções básicas de GC. Nem todos os integrantes de determinada unidade policial atuarão diretamente em uma crise, mas é bem possível que o façam indiretamente, como força de apoio. Assim, o conhecimento básico dos preceitos de GC deve contemplar, por exemplo, conceitos e questões sobre o isolamento e a importância da execução dos perímetros de segurança durante o atendimento. Esse treinamento tende a ter 40 horas-aula, dependendo do estado. O ideal é que todos os policiais atuantes na área operacional tenham contato com esses preceitos, pois eventualmente estarão envolvidos em crises.

Por outro lado, os **treinamentos específicos** são realizados pelos integrantes dos grupos especializados da corporação, responsáveis pelas ações técnicas diretas nas crises: equipe de negociação (EN), grupo de intervenção (GI) e grupo de atiradores de precisão (GAP)*. Eles devem treinar as respectivas técnicas e realizar treinamentos em conjunto, teóricos e simulados, para facilitar o desempenho nas situações reais. Os três grupos citados, portanto, devem, por força de questões técnicas e doutrinárias, comparecer a todos os eventos críticos para atuar diretamente. As corporações que ainda não perceberam a importância dessas equipes estão fadadas ao insucesso e às desgraças decorrentes de ações malfeitas ou que extrapolam os preceitos técnicos e doutrinários. Em alguns casos reais registrados, determinados comandantes evitaram acionar as equipes especializadas e agiram por conta própria durante o atendimento à crise. É um risco que, se assumido, pode acarretar uma tragédia. Aqueles que tiveram sorte, entretanto, conseguiram resultados aceitáveis – o que também é péssimo para o contexto, sugerindo uma falsa ideia de atuação correta.

Outros grupos especializados podem ser acionados para atuar em apoio a determinadas situações de crises específicas e, portanto, também devem treinar para esses momentos. Podemos mencionar dois exemplos: o esquadrão antibombas (EAB) para as crises que envolvem artefatos explosivos; e os policiais da tropa de choque, principalmente para o momento do encerramento das crises em estabelecimentos prisionais, quando têm a missão de realizar a retirada dos presos e fazer as vistorias nas celas, sempre em apoio ao GI e aos responsáveis pelo gerenciamento. Grupos especializados que operam

---

* No Capítulo 5, detalharemos as estruturas e o trabalho desses grupos especializados

com cães policiais, por exemplo, também são importantes no momento da rendição de presos rebelados.

Como é possível perceber, o treinamento integrado entre os grupos especiais, cada qual com sua missão específica, viabiliza o trabalho conjunto em uma crise real, evitando, assim, conflitos de ego (em que um grupo pretende usurpar a função do outro) e situações inconvenientes que prejudiquem o andamento das ações.

Usualmente, as capacitações das equipes especializadas ocorrem em diversos contextos. Há cursos de especialização promovidos pelos próprios grupos especiais com vistas à formação de operadores para suas equipes; instruções periódicas sobre os assuntos pertinentes ao grupo; e cursos e treinamentos realizados pelos integrantes em outras corporações brasileiras e no exterior. Estes últimos têm um valor inestimável, pois contribuem para o intercâmbio com outras corporações, atualizam os conhecimentos a respeito da área e produzem ganhos para ambas as organizações policiais envolvidas. Os novos conhecimentos adquiridos nos cursos realizados fora da corporação podem ter aplicabilidade imediata, mostrando a importância de outros pontos de vista para o problema e facilitando o desempenho dos operadores em suas missões. Entretanto, tais cursos e treinamentos dependem de autorização e, sobretudo, de investimentos por parte das autoridades governamentais. Não raro, os custos do treinamento e o próprio desinteresse das corporações impedem o consentimento quanto ao envio de operadores para realizar cursos em outros locais.

> *A correção de atitudes para as próximas atuações é o objetivo primordial da realização de estudos críticos e detalhados sobre os eventos anteriormente atendidos.*

A fase da pré-crise também abarca uma atividade fundamental tanto para os integrantes das equipes especializadas quanto para todo o efetivo da corporação: o **estudo de casos passados**. Ignorado por muitas autoridades em razão da possibilidade de expor determinados integrantes, a correção de atitudes para as próximas atuações é o objetivo primordial da realização de estudos críticos e detalhados sobre os eventos anteriormente atendidos. A casuística nessa área é muito rica e seu estudo possibilita a prevenção dos erros cometidos nos gerenciamentos anteriores. O estudo tanto das crises próprias quanto das ocorrências atendidas pelas demais corporações brasileiras e de outros países também é imprescindível.

É prudente aprender com os erros dos outros em vez de testar procedimentos arriscados, errar e, consequentemente, proporcionar resultados catastróficos. Se determinada corporação agiu de tal forma e o resultado foi terrível e questionável, por que repeti-la? Portanto, é fundamental perceber a importância dos estudos de casos, principalmente na área do atendimento de ocorrências policiais críticas.

Para operarem, as equipes especializadas necessitam de materiais específicos e relativamente caros em comparação aos das tropas regulares. Os equipamentos e armamentos que os especialistas utilizam foram concebidos precisamente para facilitar seu trabalho nas crises e, assim, são imprescindíveis para as corporações policiais. No entanto, a aquisição de tais materiais depende de vários fatores: apresentação de projetos realísticos e convincentes por parte dos especialistas, interesse dos comandantes das corporações envolvidas em modernizar suas equipes especiais e convencimento das autoridades governamentais quanto à importância de tais materiais. No atendimento das crises, os operadores que não possuem os equipamentos e armamentos adequados tendem a improvisar com o que têm, o que pode ser fatal.

A **prevenção** é outra atividade essencial na fase de pré-crise. O trabalho preventivo é bem amplo e genérico, a fim de evitar a eclosão de crises potenciais. Tomemos como exemplo uma rebelião em um estabelecimento prisional, local cujo risco de se tornar ponto crítico é alto. Nesse contexto, cabe às autoridades responsáveis por administrá-lo utilizar um hábil serviço de inteligência para descobrir planos de fuga ou tomada de reféns por parte de presos organizados, por exemplo. A solicitação de realização de revistas nas instalações por forças policiais, o treinamento constante de policiais penais, bem como a separação dos supostos detentos líderes do convívio com os demais são algumas ações que podem prevenir a ocorrência de uma crise e, consequentemente, evitar mortes, ferimentos e outros transtornos decorrentes.

Ainda na fase de pré-crise, é fundamental que as corporações policiais estabeleçam diretrizes internas para atender as ocorrências críticas que, fatidicamente, ocorrerão em seu território. Podem ser normas internas ou no formato de "planos de contingência" ou "planos de defesa territorial", periodicamente atualizados. O importante é organizar e direcionar os efetivos para as atuações antes, durante e depois do evento, estabelecendo os procedimentos técnicos adequados.

Eis a síntese das ações a serem realizadas na fase de pré-crise por autoridades e corporações policiais para possibilitar o devido atendimento das crises policiais que eclodem em seu território:

» Capacitar todos os integrantes da corporação em PIC e em noções básicas de GC.
» Capacitar os comandantes e diretores das corporações policiais em GC, possibilitando que se aprofundem no

conhecimento acerca da doutrina e dos procedimentos técnicos.
» Viabilizar cursos de especialização internos para que as equipes especiais possam angariar novos operadores.
» Realizar estudos de casos de ocorrências passadas, atendidas pela própria corporação e por outras, a fim de aprender com os eventuais erros registrados.
» Autorizar integrantes das equipes especializadas a realizar cursos de especialização em outras corporações, nacionais ou estrangeiras, propiciando intercâmbios e atualização de conhecimentos.
» Adquirir materiais, equipamentos e armamentos específicos para o trabalho das equipes especiais de acordo com suas demandas.
» Atuar de forma preventiva, por meio de serviços de inteligência, para evitar que o evento crítico ocorra.
» Elaborar diretrizes internas e planos de defesa para o atendimento das ocorrências críticas, estabelecendo-se princípios doutrinários e procedimentos técnicos a serem adotados.

3.3 Primeira intervenção em crises (PIC)

Nessa fase, as autoridades policiais que têm a competência territorial devem realizar a PIC, ou seja, aplicar as técnicas adequadas para minimizar os riscos enquanto aguardam a chegada das equipes especializadas e dos demais responsáveis pelo gerenciamento. A chegada desses atores ao teatro de operações (TO) deflagra a etapa subsequente: o gerenciamento propriamente dito.

De acordo com Silva (2020), a denominada *doutrina de primeira intervenção em crises* consiste em dez procedimentos técnicos, os quais serão abordados no Capítulo 4 em virtude de sua importância para o contexto geral de um processo de gerenciamento.

QUESTÕES PARA REFLEXÃO

1) Quais são as atividades mais importantes das corporações policiais durante a fase de pré-crise?
2) Qual é a importância da divisão do processo de gerenciamento de crises (GC) em fases?

3.4 Gerenciamento propriamente dito

Essa fase tem início quando as autoridades policiais responsáveis pela área territorial tomam conhecimento do evento e assumem seu gerenciamento, bem como chegam as equipes especializadas, acionadas na fase anterior. Passada a primeira intervenção, várias ações já devem ter sido tomadas pelas primeiras equipes de patrulheiros da unidade de área. O comandante do teatro de operações (Cmt. TO) e os integrantes das equipes especializadas têm como missão primordial tomar as medidas que, porventura, ainda não tenham sido tomadas pelos primeiros

> *Na fase do gerenciamento propriamente dito, a participação das equipes especializadas é obrigatória e insubstituível. A EN, o GI e o GAP têm todas as ferramentas necessárias para uma resposta técnica ao evento em curso.*

interventores ou reavaliar as que já foram aplicadas. À guisa de exemplo, há a questão do isolamento: se estiver muito próximo do ponto crítico, deve ser conduzido para um local mais afastado e seguro.

Com o TO organizado, o Cmt. TO assume uma série de encargos e responsabilidades, em razão de seu poder de decisão. Toda a estrutura em torno do ponto crítico é de sua responsabilidade, sendo essencial sua presença no local para desenvolver as ações operacionais. O gerente da crise, responsável pelo comando territorial da área onde ocorre a crise estática e com diversas missões importantes, também precisa estar fisicamente presente para acompanhar o desenrolar das ações e apoiar o Cmt. TO com recursos humanos e logísticos conforme as necessidades da ocorrência.

Ressaltamos que, nesse momento, o gerente da crise e o Cmt. TO não podem se envolver diretamente no processo de negociação com os causadores. Apesar de ser uma prática comum e já registrada em diversas crises pelo Brasil, é uma atitude abominada pela doutrina. A negociação é uma atividade técnica que deve ser executada por policiais treinados e que integram uma equipe devidamente constituída. Ao falar com o causador, a autoridade deixa de lado sua missão, que é árdua e merece dedicação integral. Nas corporações que não têm uma EN estabelecida, essa prática torna-se ainda mais evidente.

Na fase do gerenciamento propriamente dito, são aplicados todos os recursos técnicos necessários para a resolução do evento crítico. Cada crise deve ser tratada de acordo com suas características particulares, uma vez que não há registro de duas ocorrências exatamente iguais. As autoridades policiais, em conjunto com as equipes especializadas e os grupos de apoio, devem envidar esforços para tornar o ambiente propício e adequado para o gerenciamento e aplicar as alternativas que o caso específico exige. É uma tarefa complexa, que requer atenção, controle, preparo e, sobretudo, trabalho em conjunto. As ações isoladas, invariavelmente, conduzem os eventos para tragédias injustificadas.

É fundamental que o Cmt. TO e o gerente da crise, ao chegarem ao local, assumam suas funções de maneira efetiva e compreendam as respectivas missões*. Ao assumirem suas funções, essas autoridades terão o controle sobre as ações e minimizarão o risco das famigeradas ordens paralelas comumente verificadas em ocorrências policiais de grande vulto. A função de gerente da crise recairá sobre o oficial mais antigo da unidade policial militar responsável pela área territorial que estiver no local, podendo ser o comandante regional, o comandante ou o subcomandante do batalhão, um comandante de companhia ou até mesmo o coordenador do policiamento da unidade (CPU).

Com relação ao Cmt. TO, Silva e Roncaglio (2021) esclarecem que assumirá essa função o integrante mais antigo da unidade especializada responsável pelo apoio técnico à unidade de área presente no local da crise, ou seja, na Polícia Militar do Paraná (PMPR), essa unidade é o Batalhão de Operações Especiais (Bope), criado pelo Decreto Estadual n. 8.627, de 27 de outubro de 2010 (Paraná, 2010). Dado que essa autoridade já tem a responsabilidade pelas equipes especializadas (como a EN, o GI e o GAP), o trabalho operacional durante a crise tende a ser mais eficiente, com foco nas decisões técnicas.

Na fase do gerenciamento propriamente dito, a participação das equipes especializadas é obrigatória e insubstituível. A EN, o GI e o GAP têm todas as ferramentas necessárias para uma

---

* Dada a importância crucial dessas atribuições para o desenvolvimento do processo de GC, elas serão abordadas de maneira mais detalhada no Capítulo 5.

resposta técnica ao evento em curso. Na fase de pré-crise, tais especialistas desenvolveram treinamentos e adquiriram materiais e equipamentos específicos para o momento.

As equipes especiais são as responsáveis pela aplicação das denominadas *alternativas táticas* do GC: negociação técnica, negociação tática, uso de técnicas e tecnologias não letais (TTNL), tiro do atirador de precisão policial (APP) e ação tática do GI. O processo de negociação (técnica e tática) deve ser executado exclusivamente por uma equipe formada por negociadores especialistas; as técnicas e tecnologias não letais e a ação tática do GI devem ser aplicadas apenas por integrantes do GI; e, por fim, o tiro do APP é de competência exclusiva do GAP policial. São atividades muito específicas, que requerem profissionais profundamente treinados. A não observação dessa regra acarretará prejuízos graves para o contexto: erros de procedimentos resultando em morte ou ferimentos nos envolvidos; conflitos institucionais; utilização de armamentos e equipamentos inadequados; entre outros.

Estabelecidos os perímetros de segurança, o gerente da crise deve escolher e designar o comandante do perímetro (CP), preferencialmente entre os oficiais ou outros agentes responsáveis pelos policiais envolvidos. A escolha tenciona facilitar a aplicação do efetivo nos pontos eleitos para a consolidação dos perímetros de segurança (interno e externo) e, consequentemente, das zonas estéril e tampão. É impossível gerenciar um evento crítico de forma organizada e técnica caso os perímetros sejam falhos ou

> *Logo no início do gerenciamento, três instalações têm de proporcionar condições de trabalho aos operadores: o posto de comando (PC), o posto de comando tático (PCT) e o posto de negociação (PN).*

inexistam. O CP deve envidar todos os esforços para manter os perímetros funcionando de modo adequado, além de estar pronto para cumprir as ordens do Cmt. TO com relação a eventuais mudanças e remanejamentos de policiais ou de pontos de isolamento (PIs). Os detalhes da formação e da manutenção dos perímetros de segurança, bem como da função do CP, serão abordados no Capítulo 5.

Logo no início do gerenciamento, três instalações têm de proporcionar condições de trabalho aos operadores: o posto de comando (PC), o posto de comando tático (PCT) e o posto de negociação (PN). Essas instalações devem ser montadas na zona-tampão (a uma distância adequada e segura do ponto crítico) e ter condições de atender às demandas dos responsáveis pelo gerenciamento e às necessidades das equipes especializadas.

O PC é o espaço físico de trabalho do Cmt. TO, no qual ele será assessorado pelos especialistas, recebendo informações, analisando-as e decidindo as ações a serem tomadas durante o evento. Pode ser montado em uma casa, em um estabelecimento comercial ou até no interior de uma viatura estilo furgão ou de um ônibus estacionado na zona-tampão. O PCT é a estrutura física montada para facilitar o planejamento e a coordenação das ações táticas pelo comandante do GI. O PN, por sua vez, servirá de base para os

> Entre os **grupos de apoio** mais importantes estão as equipes de bombeiros, de socorristas e de paramédicos com suas ambulâncias. Como há iminência de o evento crítico resultar em pessoas feridas, esses profissionais devem ter condições de realizar atendimentos emergenciais, permanecendo na zona-tampão e em local seguro.

negociadores da equipe especializada executarem seu trabalho técnico. Deve ser um local reservado e coordenado pelo comandante da equipe.

> **PARA SABER MAIS**
>
> Acesse o vídeo a seguir para ver o gerenciamento completo de uma crise real na cidade de Mineápolis, nos Estados Unidos. Na ocasião, houve um trabalho integrado de negociadores e policiais táticos, além da utilização do posto de negociação.
>
> CRISE policial com indivíduo mentalmente perturbado em Mineápolis, EUA (anos 90). 7 out. 2023. 7 min. Disponível em: <https://www.youtube.com/watch?v=2fdvHDVWqIg>. Acesso em: 21 ago. 2024.

O trabalho de grupos de apoio e assessores específicos é substancial durante a fase do gerenciamento propriamente dito. Entre os **grupos de apoio** mais importantes estão as equipes de bombeiros, de socorristas e de paramédicos com suas ambulâncias. Como há iminência de o evento crítico resultar em pessoas feridas, esses profissionais devem ter condições de realizar atendimentos emergenciais, permanecendo na zona-tampão e em local seguro. Também podem constituir grupos de apoio e assessores: policiais técnicos explosivistas, profissionais de empresas de energia elétrica e telefonia, profissionais de saúde mental, assessores jurídicos, entre outros.

Nessa fase, as equipes especializadas atuam com suas técnicas específicas de acordo com o andamento do evento, trabalhando em conjunto e auxiliando-se mutuamente, todas buscando o resultado aceitável do evento. Caso haja possibilidade de negociação com o CEC, a EN tentará demovê-lo de continuar causando a crise por meio de suas técnicas de persuasão e convencimento. Todas as exigências mais relevantes serão analisadas e levadas ao conhecimento do Cmt. TO e do gerente da crise. Eventuais exigências a serem cedidas, como o contato com um advogado (na função de intermediário) em troca de um refém, devem ser realizadas com técnica e segurança.

Em caso de rendição do CEC pela alternativa negociada, os procedimentos devem ser executados em conjunto pelas equipes especiais, de maneira técnica e segura. A rendição do CEC ou sua saída[*] é um momento de extremo perigo, que deve ser planejado em detalhes e considerando-se todas as variáveis possíveis. Não é necessário ter pressa nesse instante, mas, em casos mais demorados, uma visível euforia tende a tomar conta dos exaustos policiais pela proximidade do fim da crise, podendo comprometer fatalmente o resultado. Por exemplo, comemorar ou relaxar a atenção antes da completa rendição ou da saída do CEC pode ser muito frustrante caso ele desista e volte ao ponto crítico – o que não é incomum.

> **PARA SABER MAIS**
>
> Confira a seguir um caso real de rendição que quase terminou em tragédia.
>
> REFÉM pega arma durante rendição e ameaça matar criminosos, em São Paulo/SP (2014). 30 maio 2024. 2 min. Disponível em: <https://www.youtube.com/watch?v=swS_UK87iAo>. Acesso em: 21 ago. 2024.

---

[*] Quando se trata de um CEC suicida sozinho, por exemplo, tecnicamente não se chama rendição, mas saída

O GI tem a missão de receber a rendição ou a saída do CEC e realizar os procedimentos de busca pessoal e vistoria do ponto crítico. Ocasionalmente, percebe-se a necessidade de uma resolução tática da crise, com a atuação do GI e/ou do GAP. Dessa forma, as outras alternativas táticas (uso de TTNL, tiro do APP e ação tática do GI) podem ser planejadas pelo Cmt. TO com assessoramento dos especialistas a fim de solucionar o evento.

Com a rendição negociada do CEC ou mediante a utilização de ações táticas, o evento tem fim. Entretanto, ainda há várias tarefas a serem realizadas: avaliação médica dos envolvidos; atendimento pré-hospitalar dos reféns feridos; identificação do CEC e dos reféns; encaminhamento do CEC para a delegacia da área ou, no caso de um mentalmente perturbado que tentava suicídio, por exemplo, para o tratamento médico e psiquiátrico adequado; serviços periciais no ponto crítico, se necessários; verificação final do local da crise antes de liberar o acesso de moradores, funcionários ou profissionais de imprensa; desmobilização dos esforços etc. Uma vez resolvido o evento, inicia-se a fase da pós-crise.

> **PRESTE ATENÇÃO!**
>
> De modo resumido e conforme a evolução do evento crítico, a fase do gerenciamento propriamente dito contempla as seguintes atividades:
>
> » Chegada ao local dos gestores do evento: Cmt. TO e gerente da crise.
> » Atuação das equipes especializadas: EN, GI e GAP.
> » Definição do CP para executar os perímetros de segurança, estabelecendo os limites do TO conforme a doutrina.

- » Montagem dos seguintes postos para facilitar as atividades no TO: PC, PCT e PN.
- » Acionamento dos grupos de apoio e dos assessores para o suporte necessário ao gerenciamento do evento: Serviço Integrado de Atendimento ao Trauma em Emergência do Corpo de Bombeiros (Siate), Serviço de Atendimento Móvel de Urgência (Samu), assessor de comunicação social, assessor de saúde mental, pessoal de inteligência etc.
- » Aplicação das alternativas táticas necessárias para o encerramento do evento crítico por meio das equipes especializadas.
- » Planejamento cauteloso do eventual processo de rendição ou de saída do CEC – devendo-se lembrar que esse costuma ser um dos momentos mais perigosos do gerenciamento.
- » Planejamento da resolução tática da crise – se for o caso, por meio do GI ou do GAP.
- » Viabilização do imediato atendimento pré-hospitalar a eventuais feridos; prisão ou encaminhamento do CEC para atendimento médico psiquiátrico; identificação dos CECs e dos reféns; e solicitação dos serviços periciais no local do evento, se necessário.
- » Desmobilização dos esforços empenhados na resolução do evento. É importante reunir os policiais que participaram do evento para avaliar suas condições, providenciar a remoção de armamentos, munições, explosivos ou quaisquer outros equipamentos utilizados no gerenciamento, realizar uma última entrevista com a imprensa e, por fim, desativar o PC.

Ao encerrar as considerações sobre a fase do gerenciamento propriamente dito, vale relembrar que são muitas as atividades a serem realizadas, as quais merecem extrema atenção dos envolvidos no processo. Trata-se de um momento em que toda a estrutura para o atendimento será montada e várias pessoas terão missões específicas. Os atropelos e a falta de estrutura devem ser evitados. A vida das pessoas ameaçadas depende de organização e de um trabalho harmonioso e técnico por parte das autoridades policiais envolvidas.

> **PARA SABER MAIS**
>
> Os filmes indicados a seguir ilustram o que foi discutido neste capítulo, retratando o gerenciamento de situações críticas.
>
> O QUARTO poder. Direção: Costa-Gavras. EUA: Warner Bros. Pictures, 1997. 114 min.
>
> O SEQUESTRO do metrô 123. Direção: Tony Scott. EUA; Reino Unido: Columbia Pictures; Sony Pictures, 2009. 106 min.
>
> UM DIA de cão. Direção: Sidney Lumet. EUA: Warner Bros. Pictures, 1976. 124 min.

3.5 Pós-crise

Essa fase se inicia assim que a crise tiver uma solução após a tomada das últimas providências para seu encerramento. Contudo, as missões relativas ao evento ainda não acabaram. Há várias atividades a serem desenvolvidas durante a pós-crise. Um evento crítico é uma enorme fonte de informações e importantes possibilidades, como proporcionar mudanças ou correções de procedimentos para as futuras crises. Entretanto, como o fato já ocorreu e o cotidiano das corporações policiais é frenético e agitado, há uma tendência ao esquecimento e à não realização dos estudos necessários sobre o caso. Para evitar que as falhas registradas se repitam na próxima crise, certas ações são necessárias por parte da corporação.

> *Um evento crítico é uma enorme fonte de informações e importantes possibilidades, como proporcionar mudanças ou correções de procedimentos para as futuras crises.*

Os próprios responsáveis pelo gerenciamento do evento (Cmt. TO e gerente da crise) devem realizar, assim que possível, uma reunião com os policiais que participaram das ações para fazer uma avaliação crítica dos resultados: é o chamado *debriefing*, termo em inglês que pode ser traduzido como "relato da missão" ou "prestação de contas" (Michaelis, 2010), quando todos os detalhes mais importantes da crise são sugeridos pelos participantes e tratados de forma crítica e construtiva, mesmo que o resultado tenha sido aceitável. Quanto mais tempo transcorrer, mais detalhes e informações importantes podem ser esquecidos, justificando a necessidade imperiosa de o *debriefing* ser realizado logo após o evento ou o mais brevemente possível.

A dinâmica mais usual é a seguinte: mediado pelas autoridades responsáveis, cada participante levanta seus pontos positivos e negativos sobre o que percebeu na atuação, até mesmo alguma autocrítica, e os expõe aos demais. As falhas devem ser destacadas, pois, como salienta Monteiro et al. (2008, p. 96), uma "análise técnica das falhas e erros cometidos durante a condução do processo de gerenciamento do evento é muito mais proveitosa para avaliação do que a mera exaltação dos acertos".

Diante das falhas apresentadas, os participantes propõem suas correções, registradas por um relator previamente designado. O que foi discutido no *debriefing* é tão importante que, eventualmente, pode alterar procedimentos técnicos e renovar princípios doutrinários da corporação, melhorando o gerenciamento das próximas crises.

Os pontos relevantes da atuação no *debriefing* são igualmente fundamentais para a elaboração do relatório pertinente à crise. Além de todos os documentos oficiais necessários, como o boletim de ocorrência, um relatório acurado sobre o evento é indispensável, a fim de registrar pontualmente a dinâmica das ações e todos os detalhes do evento, incluindo os pontos positivos e negativos discutidos durante o *debriefing*. Um relatório detalhado também se constitui em uma fonte confiável de informações sobre o evento, servindo para futuros estudos de caso.

Basicamente, um relatório de ocorrência crítica (ROC) deve conter:

» **informações da ocorrência**, como data, horário de início e término, tipologia da crise e do CEC, endereço completo do local onde ocorreu o evento e especificações do ponto crítico;

» **informações policiais**, como identificação da unidade da área responsável, nomes dos policiais primeiros interventores, dos integrantes das equipes especiais, dos responsáveis pelo gerenciamento (Cmt. TO e gerente da crise), entre outros;

» **histórico da ocorrência**, contendo uma parte descritiva que exponha como se deu o fato e uma cronológica que relacione os episódios mais importantes no decorrer do tempo;

> » **análise técnica da ocorrência**, incluindo o rol de pontos positivos e negativos, avaliados de modo aprofundado e com a proposição de soluções viáveis;
> » **anexos**, incluindo imagens e reportagens sobre a ocorrência, cópia dos documentos pertinentes, como boletim de ocorrência e outros avaliados como importantes para o contexto.

Por fim, os responsáveis pelo gerenciamento devem providenciar o encaminhamento para apoio psicológico dos policiais que, porventura, tenham sido afetados por traumas resultantes da crise. Sendo o evento crítico uma situação de risco extremo, inclusive para os policiais envolvidos, dependendo do desfecho (eventualmente, o resultado *morte* ocorre), a situação pode afetar mentalmente quem atuou de forma direta. É importante que o psicólogo da própria unidade ou da EN avalie preliminarmente o policial e, se necessário, o encaminhe para o serviço de auxílio psicológico de sua corporação. O objetivo desse trabalho é fornecer apoio e cuidado ao policial envolvido, para que ele possa recuperar sua saúde mental e retornar ao trabalho normalmente, capacitado para lidar adequadamente com as crises futuras.

Síntese

Neste capítulo, apresentamos a evolução do processo de gerenciamento de crises (GC), bem como um estudo detalhado das fases que o compõem. Destacamos a importância de cada fase para o contexto geral do processo e as particularidades de cada uma com relação às atividades a serem desenvolvidas. Conforme demonstramos, o conhecimento das fases do processo de GC facilita o entendimento global do processo e ajuda o operador a preparar-se para agir de forma antecipada e técnica quando se deparar com um evento crítico.

Estudo de caso

Na área rural de uma cidade interiorana, um homem mentalmente perturbado se barricou em sua casa depois de ter agredido com golpes de foice uma mulher que passava perto de sua residência. A vítima foi socorrida e equipes policiais militares foram acionadas. Os primeiros interventores perceberam que o homem tinha um grave comprometimento mental quando dizia "ouvir vozes", que seu pai "era o diabo" e que do local "só sairia morto". Assim, com a crise constatada, a unidade da área fez todos os contatos necessários e acionou as equipes especializadas do Batalhão de Operações Especiais (Bope). As equipes foram devidamente autorizadas a se deslocar.

Durante o deslocamento, negociadores e policiais táticos mantiveram contato com os primeiros interventores para orientá-los e buscar informações sobre os fatos. Quando chegaram, o negociador principal assumiu o contato, fazendo a devida transição técnica com o primeiro interventor que estava na conversação. Os policiais do grupo de intervenção (GI) avaliaram o ponto crítico e se posicionaram em locais estratégicos. O ambiente foi preparado para o gerenciamento adequado, ao passo que o causador do evento crítico (CEC) continuou irredutível com relação a sair do ponto crítico. Com a verificação de que o CEC não sairia pelo processo negocial, o comandante do teatro de operações (Cmt. TO) levou a proposta de uma invasão ao ponto crítico pelo GI e obteve autorização.

Passadas quatro horas do início da crise, o GI invadiu o ponto crítico e, com o uso de técnicas não letais, dominou o

CEC, que resistiu, mas foi preso e encaminhado à delegacia da cidade para a tomada dos procedimentos legais cabíveis.

Analisando o gerenciamento desse evento crítico, percebe-se que estão bem delimitadas as fases do GC descritas pela doutrina: na **pré-crise**, os integrantes das equipes especiais (negociadores e policiais táticos) treinaram para esse tipo de situação e adquiriram os materiais e as ferramentas necessários; na **primeira intervenção**, foram perceptíveis as ações dos primeiros policiais que chegaram ao local, mantiveram contato com o CEC e estabeleceram adequadamente os perímetros de segurança, além da tomada dos outros procedimentos previstos, como o acionamento das equipes especializadas; no **gerenciamento propriamente dito**, todo o ambiente foi preparado para o trabalho dos especialistas, com suas técnicas e seus materiais necessários – como o CEC não saiu pelo processo negocial, foi autorizada a alternativa de invasão tática combinada com o uso de técnicas não letais (ele foi dominado e preso); por fim, na **pós-crise**, o CEC foi encaminhado para a delegacia e toda a documentação relativa ao caso foi preenchida, inclusive um relatório minucioso sobre o fato.

Exercício resolvido

1) Assinale a alternativa que **não** está relacionada às ações a serem realizadas durante a fase do gerenciamento propriamente dito:

a. Aplicação das alternativas táticas cabíveis para a resolução do evento.
b. Definição do comandante do perímetro (CP).

c. Montagem dos postos de comando (PC) e de negociação.
d. Realização de reunião para avaliação crítica da ocorrência, chamada *debriefing*.
e. Planejamento do eventual processo de rendição ou saída do CEC.

Resposta: Alternativa "d". O *debriefing* deve ser realizado na fase de pós-crise.

QUESTÕES PARA REVISÃO

1) Nomeie as quatro fases do gerenciamento de crises (GC) em ordem correta.
2) Qual é a importância de o GC estar dividido em fases?
3) Indique se as afirmações sobre as fases do GC são verdadeiras (V) ou falsas (F):
   ( ) A primeira intervenção é a menos importante das etapas.
   ( ) Durante a fase de pré-crise, as corporações devem se preparar intensamente para a eclosão das ocorrências críticas.
   ( ) A confecção do relatório sobre a crise ocorre na fase de pós-crise.
   ( ) As alternativas táticas podem ser aplicadas pelos primeiros interventores na fase de primeira intervenção, caso julguem conveniente.
   ( ) Durante o gerenciamento propriamente dito, define-se quem ocupará a função de comandante do perímetro (CP).

Agora, assinale a alternativa que corresponde à sequência correta:

a. F, V, V, F, V.
b. F, V, F, F, V.
c. V, V, F, F, V.
d. V, F, V, V, F.
e. F, F, V, V, F.

4) O posto de comando (PC), espaço físico a ser utilizado pelos gestores da crise, deve ser montado e operacionalizado na seguinte fase do GC:

a. Pós-crise.
b. Negociação.
c. Gerenciamento propriamente dito.
d. Primeira intervenção.
e. Pré-crise.

5) Assinale a alternativa que contém uma ação a ser tomada na fase do gerenciamento propriamente dito:

a. Treinamento do efetivo especializado.
b. Acionamento das equipes especializadas.
c. Realização do *debriefing*.
d. Aquisição de materiais específicos para as equipes especiais.
e. Aplicação das alternativas táticas para a solução da crise.

PERGUNTAS & RESPOSTAS

1) Qual é a importância da fase de pré-crise para o contexto do gerenciamento de crises (GC)?

É o momento de preparação da corporação para as crises que eclodirão em seu território. Esse preparo inclui treinamentos gerais e específicos, aquisição de equipamentos, armamentos e materiais próprios das equipes especializadas, além do trabalho de prevenção às crises, a fim de evitar todo o risco que ela representa para a vida das pessoas envolvidas. Gerenciar crises pressupõe um comportamento proativo e antecipatório por parte das corporações policiais.

2) Contextualize a fase da primeira intervenção em crises (PIC) no processo de GC.

A PIC antecede o gerenciamento propriamente dito e será realizada pelos policiais militares (PMs) integrantes das unidades de área. Antes, porém, os policiais da área devem estar treinados nas técnicas de PIC (o que deve ocorrer na fase da pré-crise) para poderem dar uma resposta adequada ao evento.

IV

Primeira intervenção em crises (PIC)

Conteúdos do capítulo:

» Conceito de *primeira intervenção em crises* (PIC).
» Histórico da PIC.
» Os dez procedimentos da primeira intervenção.
» Procedimentos finais do primeiro interventor.

Após o estudo deste capítulo, você será capaz de:

1. conceituar a PIC;
2. explicar como ocorreu a criação da PIC;
3. aplicar os dez procedimentos da PIC;
4. elencar os procedimentos finais do primeiro interventor.

Considerada essencial para a preservação das vidas em um evento crítico, a doutrina de primeira intervenção em crises (PIC) constitui a segunda fase do processo de gerenciamento de crises (GC). Neste capítulo, conceituaremos a PIC e, posteriormente, apresentaremos um breve histórico de sua origem. Por fim, detalharemos cada um dos dez procedimentos técnicos fixados pela doutrina, realçando sua importância para o processo como um todo.

4.1 Conceito de *primeira intervenção em crises* (PIC)

PIC é o conjunto de ações técnicas a ser aplicado pelo policial militar (PM) ou pela equipe de PMs que primeiramente se depara com ocorrências críticas em andamento (Silva, 2020): são os primeiros interventores da crise. Trata-se de um método criado a partir da vivência em ocorrências críticas cujo objetivo é operacionalizar as ações técnicas e auxiliar os policiais durante o atendimento. Inicialmente, as crises impõem um risco violento aos envolvidos, inclusive aos policiais recém-chegados. Há registro de vários casos que resultaram em tragédias, como a morte de pessoas ameaçadas, de terceiros inocentes e até de policiais que se aproximaram do ponto crítico sem técnica alguma, evocando a necessidade de uma ferramenta que mostrasse o caminho técnico e seguro de atuação. De tão importante, a PIC tornou-se a segunda fase do sistema de GC.

4.2 Histórico da primeira intervenção em crises (PIC)

Os norte-americanos constataram que um primeiro atendimento a uma crise, técnico e bem realizado, poderia preservar muitas vidas nas situações envolvendo reféns. Assim, em abril de 1989, os agentes do Federal Bureau of Investigation (FBI) John T. Dolan e G. Dwayne Fuselier escreveram um artigo intitulado "A Guide for First Responders to Hostage Situations", que, em tradução livre, significa "Um guia para primeiros respondentes em situações de reféns". Especificamente para ações envolvendo reféns e enfatizando o contato com o causador da crise, os autores esclarecem que os policiais primeiros atendentes chegam nos momentos mais cruciais da situação, entre os primeiros 15 e 45 minutos do evento. Tal trabalho serviu de base para vários outros, fundamentais para obstar que mortes de pessoas inocentes ocorram em primeiros atendimentos malfeitos e realizados de maneira impulsiva, sem observar as técnicas.

Com a chegada da doutrina de GC ao Brasil entre as décadas de 1980 e 1990, as corporações iniciaram uma adaptação aos novos procedimentos. Como os conhecimentos em GC eram muito amplos e, por vezes, não atingiam os policiais patrulheiros, que eram potenciais primeiros interventores em crise por estarem diretamente nas ruas, as polícias perceberam a importância de se investir na instrução e no treinamento policial.

Silva, Silva e Roncaglio (2021) explicam que a doutrina de primeira intervenção foi estabelecida na Polícia Militar do Paraná (PMPR) em 2005, dois anos após a criação da equipe de negociação (EN) da corporação, em 20 de março de 2003. As crises enfrentadas pela EN em seus primeiros anos revelaram uma realidade alarmante. Notou-se que os primeiros PMs a chegarem nas crises não tinham o treinamento adequado para esse tipo de situação; assim, suas ações não técnicas, muitas vezes, agravavam uma situação já crítica. Esse cenário levou ao desenvolvimento pioneiro da doutrina de PIC no país. Os procedimentos estabelecidos visavam minimizar os riscos para os patrulheiros, os quais, certamente, são os primeiros a atender crises em seu início, e, com isso, preservar as vidas dos inocentes envolvidos. Atualmente, a aplicação dos procedimentos de PIC tem trazido grande sucesso para a PMPR, apresentando excelentes resultados, de modo que tais ações têm sido adotadas por outras corporações policiais brasileiras.

Com o passar do tempo e a difusão da doutrina em estágio avançado, constatou-se a necessidade de estender os conhecimentos em primeira intervenção para outras forças de segurança. Com isso, a doutrina foi repassada para policiais civis, guardas municipais, policiais penais, integrantes das Forças Armadas, enfim, a todo e qualquer grupo que eventualmente necessite de tais conhecimentos para a execução de suas funções.

4.3 Dez procedimentos da primeira intervenção

Para propiciar a operacionalização da doutrina de primeira intervenção, foram estabelecidos os chamados *dez procedimentos da primeira intervenção* (Silva, 2020), que servem de roteiro para as ações técnicas e previnem infortúnios nas ocorrências críticas, sendo fundamentais para qualquer tipo de crise, não só as que envolvem reféns. Apesar de serem apresentados em uma sequência didática e objetiva, esses procedimentos devem ser aplicados praticamente de maneira simultânea, não havendo necessariamente uma ordem rígida entre eles, visto que são ações complementares. Por exemplo, a permanência dos primeiros interventores em local seguro (oitavo procedimento) deve ser uma preocupação constante dos policiais, ou seja, deve estar presente desde o início. De modo semelhante, o afastamento de terceiros (nono procedimento) é um cuidado a ser tomado desde o terceiro procedimento, quando os primeiros interventores devem trabalhar para o isolamento total do ponto crítico.

Os dez procedimentos da PIC estabelecidos pela doutrina (Silva, 2020; Paraná, 2019a), adotados de forma geral por diversas corporações policiais que atuam na área de segurança, são os seguintes:

1º **Localizar o ponto crítico** para confirmar se a crise está de fato ocorrendo.

2º **Conter a crise**, a fim de não deixar que ela se alastre ou mude de local, procurando manter o causador do evento crítico (CEC) no mesmo local onde foi encontrado, de modo a evitar que invada outras áreas próximas ou fuja.

3º **Isolar o ponto crítico**, não permitindo que o CEC faça qualquer contato com o mundo externo (verbal, visual ou auditivo) e vice-versa, além de dar início aos perímetros de segurança.

4º **Estabelecer contato sem concessões** ao CEC, ou seja, não ceder às suas exigências e não negociar com ele.

5º **Solicitar apoio de área e equipes de socorro médico**, de maneira organizada, controlada e conforme os canais de comando.

6º **Coletar informações** sobre a ocorrência, principalmente sobre reféns, vítimas, causadores da crise, armas, prazos, motivações do CEC e detalhes das instalações físicas do ponto crítico.

7º **Diminuir o estresse da situação**, a fim de estabilizá-la, com apenas um policial falando calmamente com o CEC, visando garantir a segurança e a vida das pessoas envolvidas.

8º **Permanecer em local seguro** em todos os momentos, evitando exposição ao risco proporcionado pelo CEC, e abster-se de tomar atitudes heroicas, isoladas e/ou empíricas que possam comprometer a segurança dos demais policiais e das pessoas envolvidas.

9º **Manter terceiros** (imprensa, curiosos e familiares) **afastados** do ponto crítico a uma distância segura o suficiente para garantir sua integridade física, proteger suas vidas e evitar interferências nos trabalhos técnicos.

10º **Acionar as equipes especializadas** da polícia ou de bombeiros (para casos de suicidas desarmados), por meio do canal técnico, sem prejuízo dos canais hierárquicos, de modo que possam prestar apoio especializado à unidade envolvida na crise de maneira eficaz.

A seguir, são esmiuçadas as características de cada um dos procedimentos técnicos, enfatizando-se sua importância para o contexto geral da crise. É importante ressaltar que o evento crítico terá maior possibilidade de êxito se os procedimentos forem aplicados de modo adequado e simultâneo.

4.3.1 Localizar o ponto crítico

==Antes de qualquer ação, é necessário confirmar se a crise de fato está ou não ocorrendo.== Para tanto, os policiais designados para verificar uma suposta ocorrência crítica precisam envidar esforços na busca de confirmação sobre a existência do evento, localizando o ponto crítico e, assim, recorrendo aos demais procedimentos.

Segundo Silva (2020), frequentemente a crise informada por uma testemunha que liga para o telefone de emergência da PM não se confirma. Muitas vezes, são trotes e, em outras, o indivíduo que estaria dando causa ao fato já se evadiu do ambiente. Nesses casos, como a crise não foi confirmada, cabe aos policiais da área realizar apenas os procedimentos normais, como buscas, diligências e orientações no local. Entretanto, caso a crise se confirme, com a localização do ponto crítico e a visualização do CEC mantendo reféns, vítimas ou tentando suicídio, os primeiros interventores devem agir com cautela e segurança, analisando o ambiente e preparando-se para efetuar os demais procedimentos.

4.3.2 Conter a crise

Ao ser confirmado o evento crítico, o CEC deve ser mantido no mesmo local em que foi encontrado pelos policiais primeiros interventores. A essência desse procedimento é evitar que a crise se alastre, tomando proporções maiores e mais perigosas, bem como impossibilitar que haja mudança de local,

Não é possível gerenciar uma crise com o CEC em movimento, ou seja, uma crise dinâmica. Por isso, é fundamental pará-lo. Contudo, o processo de contenção deve ser realizado sempre em segurança, não devendo haver atitudes heroicas ou impulsivas.

algo potencialmente desvantajoso para o futuro gerenciamento do evento. Caso o CEC consiga sair do ponto crítico com um refém após a chegada dos primeiros interventores e entrar em outro ambiente com mais cinco pessoas, por exemplo, a crise se potencializa: em lugar de um refém, ele agora tem seis pessoas ameaçadas em virtude da falta de contenção. Outro exemplo é quando o CEC sai do local da crise com reféns em um veículo. Não é possível gerenciar uma crise com o CEC em movimento, ou seja, uma crise dinâmica. Por isso, é fundamental pará-lo. Contudo, o processo de contenção deve ser realizado sempre em segurança, não devendo haver atitudes heroicas ou impulsivas. O PM, sob essa ótica, deve fazer o possível para conter o CEC, mas nunca descuidando da própria segurança. Para Silva (2020), várias são as técnicas de contenção possíveis: uso de argumentos verbais convincentes, emprego de barreiras físicas, inutilização de meios de transporte, fechamento de portas, portões e janelas, entre outros.

4.3.3 Isolar a crise

Na prática, o isolamento é o procedimento mais difícil e atribulado em uma crise. Trata-se de impedir que o CEC tenha contato com o mundo externo e vice-versa. Esse contato deve ser compreendido em um contexto muito amplo. Contatos de qualquer natureza devem ser vedados: visuais (ao olhar por uma janela, o CEC não deve enxergar nenhuma pessoa, pois quem estiver em seu alcance visual corre sério risco, além de ser um potencial estorvo aos trabalhos da polícia); auditivos (ao ouvir sons e falas do lado de fora, o CEC pode ficar ainda mais nervoso e descontar sua ira nos reféns); e virtuais (eventuais contatos pela internet também interferem gravemente no transcorrer do evento). Consequentemente, o único contato do CEC com o exterior deve ser realizado com o primeiro interventor e mais ninguém. Os demais policiais de apoio têm o dever de afastar todas as pessoas capazes de afetar e atrapalhar o trabalho policial, encaminhando-as para locais seguros e longe da vista do CEC, conforme indicado por Silva (2020, p. 89):

Essa medida de fundamental importância requer que o primeiro interventor tenha uma atitude firme em relação a todas as pessoas que chegam ao local e que porventura aleguem que têm o direito de falar com o CEC. Geralmente são curiosos, autoridades, religiosos, familiares, políticos, agentes penitenciários, entre outros, os quais querem se envolver na situação sob o pretexto de ajudar, mas que provavelmente, por não serem técnicos, atrapalharão.

Em síntese, um isolamento mal realizado de uma crise é extremamente nocivo e embaraçoso, podendo acarretar tragédias e danos irreversíveis aos envolvidos, como mortes e ferimentos graves. Os policiais devem ser treinados e orientados para realizar isolamentos adequados e técnicos quando assumirem a função de primeiros interventores. Se isso não for basilar para a corporação, fatos grotescos serão registrados, já que somente um isolamento adequado do ponto crítico nas crises estáticas proporcionará condições ao trabalho técnico.

4.3.4 Estabelecer contato sem concessões

Outro procedimento fundamental durante uma primeira intervenção é estabelecer contato com o CEC. Entretanto, conforme o protocolo técnico, não deve haver qualquer concessão ao causador, mesmo que a exigência seja feita de maneira categórica. O primeiro interventor, afinal, não é negociador; cabe apenas ao negociador, profissional que integra uma equipe estruturada, na fase do gerenciamento propriamente dito (terceira fase), barganhar com o CEC e conceder o que for possível dentro das técnicas de negociação, de acordo com as orientações dos gestores do evento.

Portanto, o primeiro interventor não está autorizado a fazer concessões. Sua missão é apenas conversar com o CEC para acalmá-lo e estabilizar a já tensa situação, e não potencializar seu risco. Infelizmente, não é incomum a verificação de crises em que primeiros interventores assumem a condição de negociadores e passam a conceder tudo o que o CEC exige – comportamento nocivo que pode resultar em desastre.

De acordo com Silva (2020), o contato inicial do policial primeiro interventor com o CEC é essencial. É quando esse profissional tem condições de coletar informações importantes sobre a situação e dialogar com o causador da crise para diminuir seu estresse e sua ansiedade, minimizando o risco para as pessoas ameaçadas na crise. Dolan e Fuselier (1989) entendem que, nos primeiros minutos de uma situação envolvendo reféns, a ansiedade do causador pode ofuscar seu pensamento racional. Seus piores medos se tornam realidade: ele está acuado e pode ser preso pela polícia a qualquer momento. É bem provável que aja por impulso ou desespero nesse momento, cabendo ao primeiro interventor, durante o contato, evitar que isso ocorra.

Nas ocorrências envolvendo causadores suicidas encontrados no ensaio para a própria morte, essa conversação inicial e sem concessões também é essencial. O primeiro interventor pode buscar informações sobre os fatores desencadeantes do ato autodestrutivo do CEC e procurar subsídios verbais para ajudá-lo objetivamente.

4.3.5 Solicitar apoio de área e equipes de socorro médico

Considerando-se que uma primeira intervenção é realizada por equipes policiais com número reduzido de integrantes e as atividades a serem desempenhadas são diversas, nada é mais importante do que o acionamento de policiais que pertençam à mesma unidade para prestar apoio na ocorrência. Quanto mais rapidamente o apoio chegar e mais bem preparados os policiais estiverem, melhor será o processo de primeira intervenção. No entanto, é válido salientar que o início das crises costuma ser caótico e confuso. É fundamental, portanto, que a mobilização de apoio se dê de modo coordenado e controlado. Além disso, é essencial solicitar a presença de equipes médicas para prestarem atendimento emergencial em caso de feridos.

O responsável pelo policiamento da área deve se dirigir ao local e se inteirar dos fatos. Após devidamente informado, ele terá noção da quantidade de policiais necessária para o apoio, bem como poderá reorganizar o ambiente, invariavelmente conturbado. Para Silva (2020), os PMs de apoio devem ajudar efetivamente a primeira equipe, sem prejudicá-la. Infelizmente, em muitos casos, não há controle. Inúmeros policiais em diversas viaturas se dirigem ao local do evento e agem por conta própria ou permanecem sem missão no ambiente, contribuindo para o caos instalado. Portanto, o apoio de área é imprescindível, desde que organizado e controlado. Caso contrário, o insucesso estará à espreita.

> Quanto mais rapidamente o apoio chegar e mais bem preparados os policiais estiverem, melhor será o processo de primeira intervenção.

4.3.6 Coletar informações

Atualmente, o trabalho de inteligência, como a busca e o uso racional de informações em prol do serviço policial, é considerado indispensável. A coleta de dados acerca de uma crise em andamento pode ser a chave para sua solução aceitável mais tarde. Uma vez informados da eclosão do evento crítico, os PMs devem anotar todas as informações possíveis sobre a ocorrência e, quando chegarem ao local do evento, não medir esforços para conseguir o máximo de informes. Basicamente, as informações a serem anotadas nesse primeiro momento têm a ver com características e comportamentos do CEC, identificação e condições de saúde dos reféns ou das vítimas, particularidades das armas utilizadas e do ponto crítico, entre outras especificidades. Greenstone (2009, p. 17, tradução nossa) acrescenta que o primeiro interventor deve

> reunir informações a respeito dos detalhes presentes na crise, como: placas de automóveis estacionadas na área, civis presentes, testemunhas do incidente, *layout* das instalações usadas como ponto crítico, armas exibidas ou usadas pelo CEC, violência praticada ou ameaça de agressão, descrições das roupas dos causadores e dos reféns, movimento observado, além de qualquer outra informação pertinente.

O primeiro interventor deve repassar as informações anotadas aos integrantes das equipes especializadas assim que chegarem ao local para o apoio especializado. A análise de tais informações pelos gestores do evento, pelos negociadores e pelos integrantes do GI e do GAP subsidiará amplamente suas ações técnicas subsequentes em busca do resultado aceitável.

4.3.7 Diminuir o estresse da situação

Crises policiais são extremamente tensas e estressantes por definição. Diante disso, cabe aos primeiros interventores que se deparam com o evento crítico a missão de tentar diminuir o nervosismo inerente a esse tipo de ocorrência com vistas à preservação das vidas ameaçadas, pois um CEC tenso e estressado tende a agir de maneira mais ameaçadora e violenta contra os reféns ou as vítimas.

Algumas atitudes controladas podem fazer grande diferença:

» Conversar com o CEC de forma tranquila, mesmo que ele esteja exaltado e proferindo palavrões.
» Evitar dar ordens ao CEC, já que a vida do refém está sob seu controle.
» Jamais ameaçar o CEC, pois, ao se sentir intimidado, ele pode descontar sua ira nas pessoas coagidas.

Greenstone (2009) corrobora esse pensamento e salienta que dar ordens ao CEC pode acarretar péssimos resultados, especialmente durante as primeiras horas da situação. Manter o controle emocional e pensar na vida dos inocentes ameaçados, portanto, são pontos essenciais. Quanto mais pressionado e estressado o CEC estiver, maior será o risco para os reféns ou para as vítimas.

4.3.8 Permanecer em local seguro

As crises policiais evidenciam um risco exacerbado. A própria natureza do evento e a possibilidade iminente de haver mortos e feridos requerem dos primeiros interventores uma preocupação extra pela própria segurança e pela segurança dos outros envolvidos. Desse modo, a cautela nas ações iniciais é primordial para a preservação de vidas. Durante toda a primeira intervenção, os policiais devem procurar locais seguros e jamais se expor ao risco proporcionado pelo CEC, principalmente ficar na chamada *linha de tiro do CEC*, por exemplo.

Outra constatação bastante comum com relação a esse quesito são os inúmeros registros de PMs que chegam ao local de uma crise e ficam de costas para o ponto crítico, parecendo não se importar com sua segurança e visivelmente subestimando uma possível ação violenta do CEC.

A regra é simples: um primeiro interventor morto ou ferido no início de um evento crítico não terá condições de ajudar as pessoas ameaçadas. Além disso, o caos instalado tende a crescer quando policiais são mortos ou feridos, tentando resolver a crise de maneira impulsiva ou heroica. Sobre isso, Silva (2020, p. 113) assinala:

> Os policiais militares juram proteger a sociedade mesmo com o sacrifício da própria vida. Isso não significa, porém, que devam menosprezar sua vida, agindo de forma empírica e amadora, como muitos fazem. Um policial que morre durante o atendimento de uma crise não poderá ajudar ninguém. Pelo contrário, além da preciosa vida perdida, o cenário ficará ainda mais complicado de se gerenciar.

Portanto, a permanência do primeiro interventor em segurança é muito mais que um procedimento técnico: trata-se de uma condição que propiciará o apoio necessário a quem precisa. Infelizmente, há policiais que morreram em primeiras intervenções mal realizadas e hoje fazem parte da história, sem a possibilidade de reverem famílias e amigos.

4.3.9 Manter terceiros afastados

O nono procedimento está intimamente ligado ao terceiro, que se refere ao isolamento da crise. Enquanto o isolamento do evento é mais amplo, eliminando qualquer tipo de contato do CEC, aqui o foco está inteiramente em afastar os terceiros inocentes que estão ao redor do caos inicial da crise e preservar suas vidas. Considere o risco representado por um CEC que está armado e mantém reféns em um estabelecimento comercial. Quem circunda o ponto crítico sem proteção alguma, fica na linha de tiro do CEC – como curiosos, familiares dos envolvidos e profissionais de imprensa – corre um risco imenso, cabendo aos primeiros interventores afastá-los.

Dolan e Fuselier (1989, p. 10, tradução nossa) abordam a importância de afastar os terceiros do ponto crítico com segurança:

> Limpe a área de pedestres de forma segura, sem expor a si mesmo ou outras pessoas ao perigo. Se eles podem ser evacuados fora das vistas do CEC, tente fazê-lo de maneira não verbal, com sinais de mãos. Se inocentes estão presos em locais que exigem a travessia em locais de risco, adie essa evacuação, até que policiais de apoio cheguem ao local. Uma alternativa é dizer claramente ao CEC o que você quer fazer e convencê-lo a permitir que os civis sejam tirados das proximidades. Você pode justificar esse procedimento salientando seu interesse em evitar um acidente ou pânico por parte dos civis. Todo esforço deve ser feito para evacuar essas pessoas para uma única área a fim de ajudar na contabilização dos inocentes e tê-los disponíveis para entrevistas como testemunhas.

Conforme elencado, os terceiros inocentes mais usuais em um evento crítico são os curiosos, os familiares dos envolvidos e, também, os profissionais de imprensa. Os curiosos são aquelas pessoas que parecem negligenciar a própria segurança em busca do melhor local para observar o evento e satisfazer sua necessidade por informações, tornando-se um grande obstáculo para os trabalhos técnicos.

Os familiares dos envolvidos estão emocionalmente implicados na crise e sua presença próxima pode desencadear ações violentas por parte do CEC ou reações impulsivas das pessoas ameaçadas. Logo, os primeiros interventores devem afastá-los para um local fora da vista do CEC, a fim de que as questões emocionais afloradas não potencializem o risco.

Os profissionais de imprensa, por seu turno, são atraídos pela possibilidade de angariar e divulgar imagens e informações da ocorrência. De acordo com Silva (2020), a imprensa tem um papel social fundamental; porém, a aproximação de repórteres, fotógrafos e cinegrafistas do local da crise representa um risco muito grande para eles próprios e, por isso, devem ser afastados para um local seguro e sem contato visual com o ponto crítico. Os primeiros interventores devem, com educação e urbanidade, informá-los sobre o papel da polícia no local e a importância de buscarem notícias sobre os fatos mais tarde, em um local adequado.

4.3.10 Acionar as equipes especializadas

O último e não menos importante procedimento da doutrina a ser estudado é o acionamento das equipes especializadas. Os três grupos – negociação, intervenção e atiradores de precisão – têm as ferramentas necessárias para operar diretamente no evento crítico com suas alternativas táticas e, portanto, devem ser reconhecidos. Cabe às corporações policiais conceber mecanismos e normas para que esse acionamento seja obrigatório. É importante a criação de um canal técnico e agilizado para a ativação dos grupos especiais, mas sempre em equilíbrio com o canal hierárquico, a fim de evitar contratempos.

Quando acionadas, as equipes se deslocarão e assumirão as ações diretas na crise, fornecendo o apoio especializado para a unidade responsável pela área, dando início à fase do gerenciamento propriamente dito. A ocorrência continuará sendo da unidade, mas passará a contar com o suporte de equipes instituídas para essa tarefa, detentoras de ferramentas verbais e materiais necessárias para a busca do resultado aceitável.

*Silva (2020) cunhou a **teoria do resultado**, estabelecendo que, aceitáveis ou não, os resultados em uma crise podem derivar tanto de ações policiais técnicas quanto de ações policiais não técnicas. As consequências são bem diferentes e merecem atenção.*

Infelizmente, é inequívoca a constatação de que as equipes especiais da corporação policial envolvida não marcam presença em muitas crises. Os policiais das unidades de área assumem o risco e resolvem agir por conta própria. Aliás, de forma flagrante e resistente, descumprem as normas e diretrizes vigentes. O risco em uma ocorrência crítica já é absurdo, ao qual se somam ações amadoras, empíricas e improvisadas praticadas por policiais de área não treinados. O resultado tende a ser catastrófico e as responsabilidades, tanto administrativas quanto criminais, são graves.

Para explicar esse cenário, Silva (2020) cunhou a **teoria do resultado**, estabelecendo que, aceitáveis ou não, os resultados em uma crise podem derivar tanto de ações policiais técnicas quanto de ações policiais não técnicas. As consequências são bem diferentes e merecem atenção, conforme descrito no Quadro 4.1.

Quadro 4.1 – Esquema da teoria do resultado

CRISE			
AÇÕES POLICIAIS TÉCNICAS		**AÇÕES POLICIAIS NÃO TÉCNICAS**	
Resultado aceitável	Resultado não aceitável	Resultado aceitável	Resultado não aceitável
Como consequência de um trabalho técnico e profissional, no qual os policiais se utilizam de procedimentos adequados, o resultado aceitável ocorrerá naturalmente, com as vidas envolvidas preservadas.	Numa crise, o CEC assume o risco de causar danos, e, portanto, em algumas situações, mesmo agindo tecnicamente, os policiais não conseguem evitar que ele mate um refém, lesione uma vítima ou se suicide, por exemplo.	Mesmo agindo de maneira empírica, amadora e improvisada (mas com bastante sorte), muitos policiais conseguem conduzir uma crise para um final sem mortes de inocentes, ou seja, para um resultado aceitável.	Uma tragédia anunciada. A possibilidade de ações não técnicas conduzirem uma crise para um desfecho trágico é enorme e previsível. Nesses casos, há ferimentos e mortes de inocentes, inclusive dos próprios policiais que agiram fora das técnicas.
Mais um caso positivo para o rol de muitos resultados aceitáveis registrados após atuações policiais técnicas e competentes. A missão foi cumprida a contento. Eventualmente, a neutralização do CEC é necessária para a preservação da vida dos inocentes e, mesmo com a perda de uma vida, tal ação é legalmente aceitável.	Como foi o próprio CEC quem determinou o resultado trágico da crise, os policiais envolvidos, que agiram comprovadamente dentro dos parâmetros técnicos e doutrinários, não podem ser responsabilizados pelas mortes no ponto crítico, já que utilizaram tudo o que era tecnicamente viável na tentativa de solucionar a crise.	Apesar do resultado aceitável registrado, o risco para se chegar até ele foi extremamente alto. Quando as autoridades analisam somente esse resultado e endossam as ações tecnicamente incorretas, condecorando os policiais que agem dessa forma, estão incentivando outros e perpetuando o empirismo, o amadorismo e a improvisação nas crises.	Quando o desfecho trágico foi motivado por ações ou omissões dos policiais primeiros interventores, dificilmente eles serão condecorados pelas autoridades. Restarão para eles indiciamentos e processos criminais, responsabilizações administrativas e exploração negativa da mídia, o que refletirá em toda a corporação a que pertencem.

Fonte: Silva, 2020, p. 76.

> **Para saber mais**
>
> Caso deseje aprofundar seus estudos sobre a PIC, leia a obra a seguir.
>
> SILVA, M. A. **Primeira intervenção em crises policiais**: teoria e prática. 3. ed. Curitiba: AVM, 2020.

Questões para reflexão

1) Quais são os dez procedimentos técnicos da doutrina de primeira intervenção? Analise a importância de cada um deles para o contexto da operação.

2) Liste as consequências reais de primeiras intervenções mal realizadas e conduzidas por ações amadoras, empíricas e improvisadas.

4.4 Procedimentos finais do primeiro interventor

Com a chegada das equipes especializadas e o início da terceira fase do GC, o trabalho do primeiro interventor na crise ainda não acabou. Enquanto o ambiente estiver sendo preparado para proporcionar condições ao gerenciamento, como a instalação dos postos de comando e o local para o processo de negociação, os primeiros interventores serão entrevistados pelos negociadores e pelos policiais do GI sobre os fatos ocorridos até então, para a obtenção de informações importantes. O primeiro interventor que faz contato verbal com o CEC será avaliado pelos negociadores, podendo ser mantido no contato de maneira orientada.

Segundo Silva (2020), eventualmente, o primeiro interventor pode ter estabelecido um vínculo positivo com o CEC e, por isso, não será retirado do contato, mas orientado de modo aproximado pelo especialista sobre o que falar tecnicamente, até que seja necessária uma transição para o negociador principal da EN. Vale lembrar, porém, que, em algumas ocorrências de curta duração registradas e que permitiam tal situação, o primeiro interventor foi mantido no contato orientado até seu encerramento. Por outro lado, se os especialistas recém-chegados perceberem que o policial no contato está agindo de forma nociva – por exemplo, ofendendo o CEC por qualquer motivo –, será afastado imediatamente do local.

Com o início da terceira fase, os demais policiais próximos do ponto crítico serão retirados e apresentados ao comandante do teatro de operações (Cmt. TO) a fim de serem remanejados para áreas de isolamento ou mesmo para retornarem à sua área de trabalho original. Nas imediações do ponto crítico (chamadas de *zona estéril*, a qual será abordada no próximo capítulo) permanecerão somente as equipes especializadas, por questões óbvias de segurança (Silva, 2020).

Como a ocorrência crítica continua sendo de responsabilidade da unidade da área, todos os desdobramentos da situação – redação do boletim de ocorrência, encaminhamento do CEC para a delegacia ou para atendimento médico etc. – devem ser realizados pelos integrantes dessa unidade, com a supervisão do oficial mais antigo presente. Há casos, no entanto, em que os integrantes do grupo de intervenção precisam recorrer à força para resolver o impasse. Se houver lesão ou óbito do CEC pela ação do GI ou pela atuação do GAP, por questões legais, estes assumirão os demais procedimentos e encaminhamentos necessários.

Síntese

Neste capítulo, apresentamos a recente doutrina de primeira intervenção em crises (PIC). A proposta desta parte da obra foi mostrar os detalhes dessa atividade, a qual, de tão importante para a preservação das vidas envolvidas em um evento crítico, mereceu um capítulo dedicado a ela. Abordamos o conceito de PIC e seu histórico, bem como fizemos uma análise de todos os procedimentos técnicos (os chamados *dez procedimentos*) necessários para sua execução de forma técnica e profissional.

Estudo de caso*

Depois de roubar um estabelecimento comercial, um criminoso armado fugiu a pé com o produto do crime. Policiais militares (PMs) que chegaram para atender a ocorrência passaram a procurá-lo nas proximidades, fazendo buscas e questionando eventuais testemunhas. Uma delas, que passava no local no momento da fuga, informou que o criminoso teria entrado em uma casa próxima. Os policiais se aproximaram dela e perceberam que a porta da frente estava semiaberta. Logo, do interior da casa, ouviu-se uma voz que alertava para os policiais não entrarem. Era o criminoso, que agora mantinha a moradora da casa como refém. Várias outras equipes da PM chegaram e estacionaram suas viaturas em frente ao ponto crítico. A

---

* Situação hipotética.

imprensa também ficou sabendo e deslocou repórteres e cinegrafistas para acompanhar o caso. Em minutos, o caos estava instalado em frente à casa. Havia policiais espalhados por todos os lugares e até em cima do telhado. Alguns repórteres aproveitaram o fato de que não havia qualquer tipo de impedimento e foram até a janela para tentar um contato com o causador do evento crítico (CEC). Vários policiais também tentavam falar com ele ao mesmo tempo. Inicialmente, o criminoso ficou quieto, mas depois resolveu falar. Passou a exigir um carro para fugir do local e a imprensa para filmá-lo. Um dos PMs disse que a imprensa já estava ali e resolveu agir por conta própria. Gritou ao CEC que estava entrando no ponto crítico desarmado para conversar com ele. Tirou seu cinto de guarnição e foi entrando. Assim que passou pela porta, um som de disparo foi ouvido. O PM foi alvejado na cabeça e tombou, morto. Na sequência, o próprio CEC atirou contra sua cabeça e morreu. A refém correu desesperadamente para a rua e não apresentou lesões.

    Analisando esse caso à luz da doutrina de primeira intervenção, percebe-se um claro desrespeito às técnicas, o que culminou na tragédia. Vários dos dez procedimentos da doutrina não foram considerados, como aquele que trata da questão da segurança. A técnica estabelece que o primeiro interventor deve permanecer em local seguro sempre. Mas, contrariando esse preceito, o PM entrou no ponto crítico na tentativa de resolver o impasse. Subestimou o CEC e foi atingido mortalmente. Outros procedimentos também foram ignorados pelos primeiros interventores: isolamento da crise, afastamento de terceiros, contato sem concessões (foi-lhe concedido o contato com a imprensa), diminuição do estresse (ao entrar no ponto crítico, o CEC se viu ameaçado e a tensão aumentou, desencadeando sua reação) e acionamento das equipes especializadas (por mais que tenha sido uma crise rápida, os especialistas devem ser imediatamente informados, pois assim podem orientar a distância até chegarem ao local para o apoio).

Exercício resolvido

1) Sobre as práticas de primeira intervenção em crises (PIC), assinale a alternativa correta:

   a. O policial primeiro interventor pode negociar se tiver condições de conseguir aquilo que o causador do evento crítico (CEC) exigir.
   b. Caso os profissionais da imprensa cheguem ao local, o primeiro interventor pode utilizar um repórter para entrevistar o CEC e expor suas exigências.
   c. Para visualizar melhor o local da ocorrência e conseguir informações, o primeiro interventor pode, a seu critério, entrar no ponto crítico.
   d. Se a sede das equipes especializadas para atendimento às crises for muito longe do local do evento, justifica-se seu não acionamento.
   e. Conter a crise significa manter o CEC no mesmo local em que foi encontrado para evitar a potencialização do risco.

   Resposta: Alternativa "e". Impedir o alastramento da crise é o objetivo da ação de contenção.

QUESTÕES PARA REVISÃO

1) Conceitue *primeira intervenção em crises* (PIC).
2) Relacione os dez procedimentos técnicos a serem adotados pelos primeiros interventores de uma crise policial.
3) Indique se as afirmações a seguir sobre a primeira intervenção em crises (PIC) são verdadeiras (V) ou falsas (F):
   ( ) Os policiais primeiros interventores não são negociadores; logo, não podem barganhar nem fazer qualquer concessão ao causador do evento crítico (CEC).
   ( ) Isolar a crise significa manter o CEC no mesmo local em que foi encontrado.
   ( ) Todos os terceiros devem ser mantidos afastados do ponto crítico pelos policiais primeiros interventores.
   ( ) O acionamento das equipes especializadas para atendimento de crises é um procedimento fundamental da doutrina de PIC.
   ( ) Conter a crise significa cortar todos os contatos do CEC com o mundo exterior e vice-versa.

   Agora, assinale a alternativa que corresponde à sequência correta:
   a. F, F, V, V, F.
   b. F, V, F, F, V.
   c. F, F, V, V, V.
   d. V, F, V, V, F.
   e. V, V, F, F, V.

4) Assinale a alternativa que contém a ação que **não** é uma missão do primeiro interventor:

   a. Gerenciar a crise.
   b. Solicitar apoio de área.
   c. Permanecer em local seguro.
   d. Localizar o ponto crítico.
   e. Coletar informações.

5) É o procedimento técnico da doutrina que estabelece que o primeiro interventor deve manter o causador do evento crítico (CEC) sem qualquer tipo de contato com o mundo externo e vice-versa:

   a. Primeira intervenção em crises (PIC).
   b. Isolamento do ponto crítico.
   c. Localização da crise.
   d. Gerenciamento do evento.
   e. Contenção da crise.

PERGUNTAS & RESPOSTAS

1) Qual é a importância de os procedimentos técnicos da primeira intervenção serem simultâneos?

   Todos os procedimentos se complementam mutuamente e a não observação de qualquer um deles pode prejudicar o atendimento como um todo. A divisão em etapas é didática e serve como referência para facilitar a atuação dos policiais primeiros interventores.

2) Como deve ser o acionamento das equipes especializadas para o apoio em uma ocorrência crítica?

As corporações policiais devem criar mecanismos internos de acionamento das equipes especiais para o atendimento das crises, com base nas legislações estaduais ou federais, conforme cada caso. É importante haver um canal técnico e agilizado para o acionamento, mas sempre em equilíbrio com o canal hierárquico para evitar problemas.

V

Elementos essenciais do gerenciamento de crises (GC)

CONTEÚDOS DO CAPÍTULO:

» Conceituação de cada elemento essencial do gerenciamento de crises (GC), considerando-se aspectos estruturais e pessoais.
» Gestores da crise.
» Equipes especializadas.
» Assessores e grupos de apoio.
» Posto de comando (PC) e perímetros de segurança.

APÓS O ESTUDO DESTE CAPÍTULO, VOCÊ SERÁ CAPAZ DE:

1. conceituar os elementos essenciais do GC, estruturais e pessoais;
2. identificar as missões dos gestores do evento crítico;
3. discorrer sobre as atividades das equipes especializadas na crise;
4. demonstrar a importância dos grupos de apoio e demais assessores;
5. compreender o funcionamento de um PC e dos perímetros de segurança.

Este capítulo contempla os elementos imprescindíveis para a consecução do processo de gerenciamento de um evento crítico. Silva e Roncaglio (2021) classificam os elementos essenciais em duas categorias: estruturais e pessoais. Cada componente tem um valor significativo para o contexto geral e será detalhadamente apresentado na sequência. Os **elementos estruturais** compreendem o teatro de operações (TO), posto de comando (PC) e os perímetros de segurança, ao passo que os **elementos pessoais** são o comandante do teatro de operações (Cmt. TO), o gerente da crise, o comandante do perímetro (CP), a equipe de negociação (EN), o grupo de intervenção (GI), o grupo de atiradores de precisão (GAP), o esquadrão antibombas (EAB), os elementos de inteligência, a equipes de socorro médico, o assessor de comunicação social e os grupos de apoio e assessores.

Se não houver no local, por exemplo, as figuras do Cmt. TO, do gerente da crise, dos operadores das equipes especializadas ou, ainda, não forem estabelecidos os perímetros de segurança no entorno da crise estática, a corporação policial envolvida precisará de muita sorte para conduzir a crise a um desfecho satisfatório.

5.1 Teatro de operações (TO)

Nas crises estáticas, o TO é a área que abrange o ponto crítico e toda a região que o circunda, incluindo as principais vias de acesso, os pontos dominantes do terreno, a arquitetura das instalações e, se houver, a cobertura vegetal. Essencialmente, é todo o local onde se desenrolam as ações relativas ao gerenciamento do evento crítico. Já nas crises dinâmicas, o TO é considerado de modo abrangente, ou seja, corresponde a toda a localidade ou região em que os causadores estejam se movimentando ou para onde possam se deslocar (Paraná, 2011).

5.2 Posto de comando (PC)

O PC é a estrutura física montada para possibilitar o trabalho dos responsáveis pelo gerenciamento e servir de local para a tomada das decisões referentes ao evento. É o espaço que centraliza a autoridade e o controle das ações no TO, no qual são processadas as informações sobre a crise e definidas as ações a serem tomadas durante o desenvolvimento do processo de gerenciamento. Nas crises estáticas, o ideal é que o PC seja montado na área denominada *zona-tampão* (entre os perímetros interno e externo), pois se trata de uma região segura, afastada o suficiente do ponto crítico. Sua instalação será feita logo no início da terceira fase do gerenciamento propriamente dito, assim que o ambiente estiver estabilizado. A instalação de um PC é fundamental em todas as crises, independentemente do grau de risco que representem. Dessa maneira, evita-se que informações importantes sejam captadas por pessoas não autorizadas e utilizadas para atrapalhar o processo de gerenciamento. Para servir de PC, as autoridades podem utilizar, com a devida ciência dos proprietários, residências ou estabelecimentos comerciais localizados na zona-tampão ou, ainda, viaturas do tipo furgão ou ônibus, especialmente preparadas para isso. O importante é estabelecer um local adequado para o desenvolvimento dos trabalhos. O comandante dos grupamentos táticos também deve montar um PC próprio – o chamado *posto de comando tático* (PCT), que servirá de base para reuniões dos operadores táticos e para o planejamento das ações necessárias à solução do evento.

De acordo com Monteiro et al. (2008), para que um PC seja operacionalizado de forma ideal, deve apresentar os seguintes requisitos:

» **Comunicações** – Todos os meios necessários para interligar os responsáveis pelo evento, seus operadores e o pessoal de apoio são imprescindíveis, como rádios de comunicação, telefones fixos e celulares, computadores e *laptops*, acesso à internet, geradores de energia e sistema de videoconferência. Um PC sem contato com o exterior é inútil.

» **Segurança** – Por ser um local de tomada de decisões, há necessidade de se prover segurança plena, inclusive com controle de acesso de pessoas.

» **Infraestrutura** – A instalação deve ser suficiente para suprir todas as necessidades de espaço que o caso requer: ter um PC de tamanho adequado e bem equipado é crucial para a gestão eficaz de crises, por exemplo.

» **Distância** – Conforme ressaltado, o PC deve ser montado na chamada *zona-tampão*, a uma distância adequada e segura do ponto crítico. Um PC exatamente ao lado do local crítico, por exemplo, pode trazer graves prejuízos ao andamento das ações.

» **Acessibilidade** – O acesso ao posto deve ser fácil para aqueles que participam do evento e tenham alguma função importante. Somente os policiais cujas tarefas necessitem de acesso ao gerente da crise devem ter seu ingresso autorizado.

» **Tranquilidade** – Sempre que possível, o PC deve ser instalado em local com pouco ruído e sem aglomeração de pessoas; afinal, não há como tomar decisões importantes em locais tumultuados e desorganizados.

No caso das crises dinâmicas, além dos requisitos listados para a montagem do PC, outras considerações são importantes. O ambiente precisa estar longe o suficiente do local atacado, para manter-se seguro. Em uma ocorrência de crimes violentos contra o patrimônio ou domínio de cidades, por exemplo, em que criminosos atacam vários locais da cidade para conseguir seu intento, o PC precisa ser estabelecido em locais que, via de regra, não são potenciais alvos e estão localizados longe de pontos sensíveis, como quartéis, bancos, bases de valores e penitenciárias. Por esse motivo, a sugestão é que a escolha de locais para o PC nas crises dinâmicas se dê com o apoio da sociedade civil. Além disso, é importante que os planos de defesa para esse tipo de ocorrência prevejam um segundo e até um terceiro local para a instalação do PC para casos de necessidade.

Questões para reflexão

1) Explique como se caracteriza o teatro de operações (TO) para cada um dos tipos de crise: estática e dinâmica.

2) Considere o posto de comando (PC) estabelecido para o gerenciamento de um evento crítico e liste os principais requisitos para sua montagem adequada.

5.3 Perímetros de segurança

O gerenciamento de uma crise pressupõe o devido estabelecimento dos perímetros de segurança e o isolamento do ponto crítico nas crises estáticas. Os perímetros de segurança são definidos como barreiras de contenção para evitar que o causador do evento crítico (CEC) fuja do ponto crítico, bem como para impossibilitar que terceiros se aproximem do local da ocorrência. O objetivo é mantê-los afastados e em local seguro e possibilitar o trabalho técnico das equipes policiais especializadas sem quaisquer interferências. Outra finalidade dos perímetros é disciplinar as movimentações nos locais isolados, tanto por parte de policiais quanto por parte de autoridades que se desloquem para a região. Embora pareça relativamente simples, trata-se de uma operação extremamente complicada.

Na prática, tais perímetros suprem a necessidade de contenção e de isolamento, desde que sejam mantidos depois de serem delimitados. De nada adiantará criar tais perímetros sem a manutenção de uma vigilância constante e enérgica por agentes devidamente orientados. A tendência é que, passados alguns minutos, terceiros – como profissionais de imprensa, curiosos e familiares – tentem ultrapassar os limites demarcados para acompanhar o desenvolvimento dos fatos, o que é altamente nocivo aos trabalhos técnicos. Pelas pressões externas que sofrerão durante a crise, os policiais ou outros agentes de segurança necessitam de treinamento e orientações adequadas para desempenhar suas funções quando escalados nos perímetros.

De acordo com Monteiro et al. (2008), a doutrina de GC estipula a criação de dois perímetros de segurança: o interno e o externo. O primeiro deve ser estabelecido mais próximo do ponto crítico, e o segundo, mais afastado. As áreas formadas entre os perímetros e o ponto crítico são chamadas de *zonas*, como veremos a seguir. O Cmt. TO é o responsável direto pelo estabelecimento dos perímetros, definindo sua forma e sua abrangência. Já a manutenção dos perímetros cabe ao CP, designado pelo gerente da crise entre os oficiais responsáveis por fração de tropa no local do evento.

O **perímetro de segurança interno** é estabelecido no entorno do ponto crítico. A distância desse ponto depende de vários fatores, como as características físicas do local e o tipo de armamento que o CEC detém. O importante é conter e isolar completamente o CEC, fazendo com que ele não fuja do local e não tenha contato algum com o mundo externo e vice-versa. Ao olhar por uma janela, por exemplo, ele não deve ver nenhuma pessoa, pois, além do imenso perigo envolvido, os curiosos podem ser um obstáculo para os trabalhos técnicos. A área formada entre o ponto crítico e o perímetro interno é tecnicamente denominada **zona estéril**, uma vez que se trata de uma área limpa e extremamente segura pela qual apenas os policiais das equipes especializadas durante seus procedimentos técnicos podem transitar. O não cumprimento desse preceito pode prejudicar irreversivelmente o gerenciamento.

O **perímetro de segurança externo** deve ser montado o mais longe possível do ponto crítico e além do perímetro interno. As distâncias também dependem das condições do local e das estruturas encontradas na região, sempre visando garantir a segurança de todas as pessoas que estão nas proximidades. Entre o perímetro externo e o interno há a área tecnicamente denominada de **zona-tampão**, cujo estabelecimento viabiliza o trabalho dos responsáveis pelo gerenciamento do evento e do pessoal de apoio. Ela abriga as estruturas necessárias para o gerenciamento, como o PC, o PCT e o posto de negociação (PN). Assim, os únicos habilitados a permanecerem e transitarem nessa área são os integrantes das equipes especializadas, os responsáveis pelo gerenciamento (gerente da crise, Cmt. TO e CP) e o pessoal de apoio – bombeiros, equipes de socorro médico, grupos de inteligência, assessor de comunicação social, demais assessores designados, entre outros. Ao estabelecerem os perímetros, os policiais devem aproveitar as estruturas físicas nas proximidades e utilizar quaisquer outros mecanismos, como cavaletes, viaturas, cones e fitas, a fim de impedir a passagem de pessoas estranhas e não autorizadas na zona-tampão.

Cabe salientar que o isolamento do CEC deve ser absoluto, não bastando apenas afastar as pessoas amontoadas em torno do ponto crítico e encaminhá-las para um local seguro. Para Monteiro et al. (2008, p. 44), "de nada adiantará a implantação de perímetros de segurança se os causadores do evento crítico continuarem a dispor de telefones e outros equipamentos com que possam, a qualquer momento, se comunicar com o mundo exterior". Tais contatos com o mundo externo são altamente nocivos aos trabalhos dos negociadores, já que o CEC tentará resolver seus problemas com outras pessoas eventualmente capazes de potencializar o risco.

Na execução do perímetro interno, os encarregados por sua efetivação, sob o comando do CP, devem envidar todos os esforços para evitar o acesso de qualquer pessoa não autorizada à zona estéril, como policiais que não fazem parte das equipes especializadas, autoridades que se dizem aptas a resolver o impasse com sua influência, bem como quaisquer terceiros que ainda transitam na região. Já durante a execução do perímetro externo, os escalados na missão devem lembrar que a zona-tampão é totalmente impermeável a terceiros, sendo vedada a entrada de curiosos, familiares dos envolvidos, autoridades dos mais variados níveis, profissionais de imprensa e policiais que não atuam diretamente em apoio aos gestores da crise. Tais procedimentos são cruciais e proporcionam um ambiente seguro e com condições para o trabalho técnico necessário.

Nas imediações do ponto crítico, pode haver pessoas em casas ou estabelecimentos comerciais que ficaram presas assim que a crise eclodiu, mas não estão subjugadas pelo CEC. Cabe, portanto, aos responsáveis pelo GC retirá-las em segurança e encaminhá-las a locais seguros. Como já ocorreu em várias situações registradas, a retirada desses indivíduos de casas e estabelecimentos comerciais próximos após o início do evento requer um acordo entre os negociadores e o CEC, que, não raro, tem visibilidade das redondezas, e qualquer movimentação diferente pode lhe parecer uma ameaça. Os negociadores devem convencer o CEC de que a retirada dessas pessoas é importante para que, assim, autorize as ações de remoção.

> **Para saber mais**
>
> Confira a seguir uma crise ocorrida em Curitiba (PR), em 2019, quando um idoso barricado na residência e armado passou a efetuar muitos disparos a esmo, em direção às casas vizinhas, sendo necessário um grande esforço para realizar o afastamento de pessoas que estavam em grande risco nas imediações.
>
> IDOSO armado e barricado surta e efetua muitos disparos em Curitiba (2019). 25 fev. 2023. 5 min. Disponível em: <https://www.youtube.com/watch?v=fsInyXJkkcA>. Acesso em: 27 ago. 2024.

Quanto aos profissionais de imprensa, a despeito de seu papel social fundamental, precisam ser mantidos além do perímetro externo para garantir suas vidas e sua integridade física, bem como para não atrapalharem as atividades policiais específicas para a situação. Algumas de suas atitudes afetam e comprometem potencialmente as ações ao desconsiderarem os procedimentos técnicos, como filmar o CEC ameaçando reféns, realizar entrevistas ao vivo com o CEC ou com os reféns, tentar se aproximar ao máximo do ponto crítico e, muitas vezes, entrar no local de risco. Portanto, os profissionais de imprensa devem ser mantidos além do perímetro externo e sem visibilidade alguma do ponto crítico. Em local seguro e predeterminado (montado fora do perímetro externo), um assessor de comunicação social designado para a missão repassará periodicamente as informações mais importantes aos jornalistas. Confira a seguir a representação completa dos perímetros.

Figura 5.1 – Representação dos perímetros de segurança

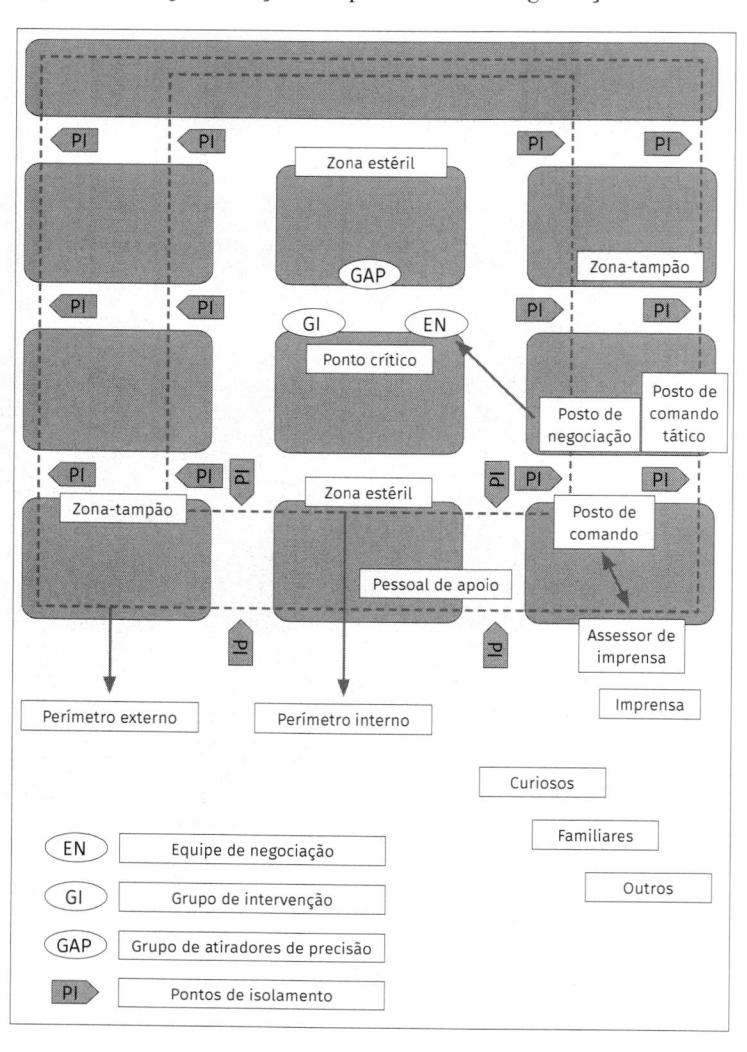

Os policiais escalados nos pontos escolhidos e que formam os perímetros de segurança devem ser orientados a, em caso de dúvida sobre determinada pessoa que pretende acessar a área bloqueada, questionar o CP a respeito de sua condição, mesmo que ela insista e invoque o nome de autoridades que eventualmente conheça. Pode ser um indivíduo aguardado pelo Cmt. TO para servir tecnicamente como intermediário no processo de gerenciamento – um advogado, por exemplo. Entretanto, a liberação de acesso pressupõe a autorização do CP, por questões óbvias de controle e organização.

Os perímetros de segurança são fundamentais para que o trabalho policial funcione de modo técnico e sem intervenções de qualquer ordem. Na prática, estabelecê-los exatamente como devem ser é um desafio gigantesco ante as interferências externas que surgem em um evento crítico. Tais ingerências geram muitos conflitos e desgastes entre os envolvidos, pessoas ou corporações. Contudo, caso os perímetros sejam menosprezados, a "morte" encontrará um ambiente propício.

5.4 Comandante do teatro de operações (Cmt. TO)

No que se refere aos gestores da crise, a doutrina da Polícia Militar do Paraná (PMPR) sofreu algumas alterações recentes, principalmente com relação ao poder de decisão sobre as ações tomadas na crise estática (Paraná, 2021). Agora, o Cmt. TO é a autoridade que decide os rumos da ocorrência, tendo sob seu comando direto equipes especializadas do Batalhão de Operações Especiais (Bope). Anteriormente, tal incumbência era do gerente da crise, o comandante territorial, que permanece com importantes atribuições durante a gestão do evento crítico, como detalharemos mais adiante.

Com essa modificação, o Cmt. TO passou a ser o oficial mais antigo do Bope da Polícia Militar (PM) presente fisicamente no local da crise estática, tendo como missão principal estabelecer, juntamente com os comandantes das equipes especializadas, os procedimentos operacionais necessários para conduzir a ocorrência crítica a um resultado satisfatório. É responsável por empregar as denominadas *alternativas táticas* durante o gerenciamento do evento, tendo o poder de decidir tecnicamente sobre as ações necessárias e pertinentes a serem aplicadas ao longo da ocorrência.

> **PRESTE ATENÇÃO!**
>
> Cabe salientar a importância de as decisões na crise serem técnicas e proferidas por policiais treinados. Algumas crises geram repercussões midiáticas tão significativas que atraem a atenção de autoridades políticas, que frequentemente aproveitam a oportunidade para aumentar sua visibilidade pública, interferindo nos procedimentos técnicos previstos para a resolução do evento. Embora essa prática seja comum no Brasil, é altamente condenável. Como ocorrência policial, a crise exige uma resposta especializada da polícia. Um político, não sendo especialista em assuntos policiais, não deve interferir na ocorrência (e, se for especialista, saberá que não deve fazê-lo). Ao tomar decisões empíricas sobre ações que a polícia deveria realizar, o político interfere no processo técnico, podendo conduzir o desfecho para uma tragédia. Nesse caso, a autoridade política que intervier na ocorrência deve ser informada de que, ao determinar ações policiais durante a crise, estará assumindo a gestão do evento e todas as suas consequências.

> **Para saber mais**
>
> Confira nos dois vídeos a seguir o caso real de uma crise em que houve o envolvimento nocivo de pessoas não policiais. O fato ocorreu durante um roubo frustrado a banco na cidade de Goioerê (PR), em 1988. Depois de assistir aos vídeos, analise o caso à luz da doutrina de GC.
>
> CRISE com reféns no Banco do Brasil de Goioerê, Paraná (1988) – Vídeo 1. 2 set. 2021. 7 min. Disponível em: <https://www.youtube.com/watch?v=vPyNHM6gdEw>. Acesso em: 27 ago. 2024.
>
> CRISE com reféns no Banco do Brasil de Goioerê, Paraná (1988) – Vídeo 2. 2 set. 2021. 2 min. Disponível em: <https://www.youtube.com/watch?v=j3ETy2BEuVQ>. Acesso em: 27 ago. 2024.

O Cmt. TO tem diversas missões durante a crise, entre elas:

» estabelecer os perímetros de segurança, orientando e fiscalizando o CP sobre sua atuação;
» estabelecer o PC em local adequado na zona-tampão;
» proporcionar as condições adequadas para o trabalho das equipes especializadas;
» estabelecer uma rede de comunicação que cubra todo o TO;
» realizar reuniões periódicas em local adequado com os comandantes da EN, do GI e do GAP, de modo a acompanhar o andamento da crise para traçar diretrizes para a solução da crise, buscando subsídios ao seu processo decisório;
» providenciar fotografias, diagramas, esquemas ou plantas baixas do ponto crítico para uso dos grupamentos táticos;

» cessar as comunicações do CEC com o mundo exterior, determinando o eventual corte da rede telefônica externa, da energia elétrica e de outros possíveis meios de comunicação – porém, deve haver critério, pois há casos em que o telefone fixo será o único meio de comunicação entre os negociadores e o CEC;
» solicitar apoio de equipes de socorro médico, como do Serviço de Atendimento Móvel de Urgência (Samu) e do Corpo de Bombeiros Militar, ou, na falta dessas alternativas, de ambulâncias da prefeitura do município onde se dá a crise;
» solicitar, dependendo da gravidade da crise, o apoio de helicóptero para transporte aeromédico e reservar leitos em hospitais de emergência e prontos-socorros para o atendimento de eventuais feridos;
» autorizar a entrada de pessoas (médicos, peritos, técnicos e outros assessores) na zona-tampão para auxiliarem no processo;
» remanejar, em coordenação com o gerente da crise, os policiais militares (PMs) que estão prestando apoio durante a crise – isso pode envolver liberá-los ou transferi-los para outras áreas onde haja maior necessidade;
» analisar e discutir as opções táticas com o comandante do GI e o comandante do GAP;
» verificar se as ações a serem executadas durante o gerenciamento obedecem aos critérios de ação especificados pela doutrina de GC;
» verificar a existência dos recursos humanos e materiais necessários para a execução de uma eventual ação tática;
» providenciar ensaios das ações a serem executadas, corrigindo eventuais deficiências e cronometrando as dinâmicas previstas;

» estabelecer claramente as missões de cada elemento que participará das ações que levem ao desfecho do evento, como rendição, ação tática letal ou não letal;
» providenciar, por necessidade do caso concreto, a presença de outros assessores ou especialistas de áreas específicas, como meio ambiente, recursos hídricos, energia nuclear, aeronáutica, epidemiologia, Corpo de Bombeiros, entre outros;
» proporcionar as condições para atendimento médico de envolvidos feridos na crise e seu encaminhamento para hospitais ou postos de saúde;
» providenciar o encaminhamento do CEC que cometeu crime anterior para a delegacia da área ou para o necessário atendimento médico.

A função de Cmt. TO é complexa e exige do operador conhecimento aprofundado da doutrina de GC, uma vez que várias vidas estarão sob sua responsabilidade. Suas decisões precisam ser tomadas rapidamente e com precisão. Há inúmeras atividades que essa autoridade deve desenvolver assim que tomar conhecimento do evento crítico. Praticamente todas as informações sobre o evento passam pelo Cmt. TO, que deve estar em condições de filtrá-las e decidir sobre as atitudes técnicas necessárias, na busca incessante pelo resultado aceitável.

5.5 Gerente da crise

O gerente da crise continua sendo o oficial mais antigo responsável pela área em que ocorre a crise, podendo ser o comandante do Comando Regional de Polícia Militar (CRPM), o comandante do batalhão ou um representante da unidade operacional.

Entretanto, com a alteração doutrinária (Paraná, 2021), ele necessita estar presente fisicamente no local da crise estática para acompanhar o desenvolvimento dos trabalhos. Embora a responsabilidade de decisão sobre as ações diretas na ocorrência tenha passado para o Cmt. TO, o gerente da crise permanece com um papel fundamental no contexto. Em resumo, ele é responsável pela gestão dos recursos humanos e logísticos durante o gerenciamento do evento crítico, mantendo um relacionamento estreito com o Cmt. TO e fornecendo todo o apoio solicitado.

Como visto, a função de gerente de uma crise estática compete ao comandante da área territorial em que se dá a ocorrência. Na sua ausência, poderá recair sobre o comandante da companhia ou até do oficial coordenador do policiamento da unidade (CPU) que estiver de serviço no momento. Basta ser o mais antigo da unidade no local para assumir o encargo.

Eis as principais missões do gerente da crise:

» estabelecer, em conjunto com o Cmt. TO, o local para o posto de comando;
» designar militares estaduais para as funções necessárias ao apoio na crise, como o CP, o assessor de comunicação social e os elementos de inteligência;
» designar responsáveis para as áreas de recursos humanos e logística;
» dar informações sobre o evento aos escalões superiores da corporação policial, fornecendo-lhes relatórios periódicos sobre a evolução dos acontecimentos;
» divulgar ao pessoal da mídia de forma periódica, por meio do assessor de comunicação social designado, boletins informativos acerca da evolução da crise, apenas com informações selecionadas e que não comprometam as ações planejadas;

- » participar de reuniões com o Cmt. TO para definir detalhes acerca dos procedimentos que envolvem o apoio do efetivo da área no contexto da crise;
- » providenciar alimentação e alojamento para os policiais envolvidos, no caso de crises que se estendem por longos períodos;
- » preparar escalas do pessoal envolvido, por meio do oficial de recursos humanos designado para o evento.

O gerente da crise desempenha um papel vital na ocorrência crítica, pois conhece o terreno e comanda a tropa que atua na região. Trata-se de uma figura essencial para a preparação, resposta e a recuperação de crises. Além disso, deve ter a capacidade de se adaptar rapidamente a situações em constante mudança, pois essa habilidade é relevante para uma gestão eficaz do evento crítico.

5.6 Comandante do perímetro (CP)

Figura fundamental em uma crise, o CP é o responsável pela coordenação das equipes policiais encarregadas de isolar e conter o local para possibilitar a consecução dos perímetros de segurança interno e externo. O CP tem uma missão árdua pela frente, tanto pelo fato de a área sob sua coordenação ser extensa quanto pelas inúmeras investidas de terceiros que tentarão transpor os limites estabelecidos para o isolamento. Os PMs e os integrantes de outras forças de segurança de apoio designados para a missão devem estar muito bem orientados para não ceder às pressões que certamente sofrerão de curiosos, familiares e profissionais de imprensa.

Na prática, a função de CP recai sobre o oficial subalterno da PM (tenente) que estiver comandando a tropa no local da crise.

Há casos de maior vulto em que tal função pode ser desempenhada até por um oficial intermediário (capitão). Nada obsta, porém, que, quando a crise for de responsabilidade da Polícia Civil, da Polícia Federal (PF) ou de outra força de segurança responsável, essas corporações designem seus encarregados para a função. O CP deve ser designado pelo gerente da crise, devendo ser imediatamente informado de todos os problemas registrados nos pontos de isolamento. A falta de um CP pode acarretar consequências funestas para o GC – por exemplo, curiosos feridos por estarem muito próximos do ponto crítico ou profissionais de imprensa atingidos e mortos ao tentarem se aproximar do local.

São as principais missões do CP:

» distribuir o efetivo nos perímetros de segurança estabelecidos pelo Cmt. TO;
» estabelecer esquemas de controle de ingresso de pessoas na zona-tampão de acordo com as orientações do Cmt. TO;
» orientar o efetivo a ser empregado na missão de isolamento, conforme os princípios básicos de segurança para terceiros;
» fiscalizar o efetivo aplicado nos pontos de isolamento preestabelecidos para cumprir a missão a contento;
» ter um canal direto de comunicação com o Cmt. TO;
» comparecer aos locais de isolamento que registrem situações de tumulto ou tentativa de ingresso não autorizado;
» providenciar o encaminhamento para a delegacia de pessoas presas por desobedecerem à ordem policial de permanecer além dos perímetros pré-estipulados;
» repassar de forma imediata ao Cmt. TO quaisquer alterações registradas nos pontos de isolamento.

O isolamento de um evento crítico é uma atividade extremamente sensível. Por se tratar de uma ocorrência com um imenso apelo social e midiático, as atividades voltadas para o afastamento dos indivíduos do ponto crítico devem ser objetivas e eficazes. Dessa forma, o CP deve reunir todas as condições necessárias para desempenhar tal papel. A inobservância do isolamento em uma crise pode acarretar graves prejuízos às pessoas envolvidas, como lesões e mortes.

5.7 Equipe de negociação (EN)

A EN é uma equipe formada por policiais especialistas em negociação em crises, ou seja, os negociadores policiais. De maneira ampla, cabe à EN aplicar a alternativa tática *negociação* (que se divide em *técnica* e *tática*) nas ocorrências críticas, visando conduzir o evento para um final pacífico. Nesse sentido, busca-se promover a rendição ou a saída do CEC, bem como a libertação de reféns ou vítimas com suas condições físicas preservadas, por meio de técnicas específicas de comunicação, barganha, persuasão e análise comportamental (negociação técnica), ou mesmo proporcionar suporte com procedimentos específicos aos operadores táticos durante a aplicação das demais alternativas de GC (negociação tática).

Dada a complexidade e a especialização envolvidas no processo de negociação em situações em que vidas humanas estão em risco, é essencial que os negociadores sejam profissionais treinados, experientes e que atuem em uma equipe bem estruturada, com funções definidas (Silva; Silva; Roncaglio, 2021). Logo, o trabalho dos negociadores policiais deve ser cuidadoso para evitar erros e garantir a segurança de todos os envolvidos. Fortalecendo essa ideia, Lucca (2014, p. 117) afirma que, quando "o assunto é negociação, é prudente esperar que o processo ocorra sob pressão e com antagonistas difíceis. É impossível imaginar, portanto, uma negociação isenta de riscos. Negociar é como caminhar em campo minado, e não se pode cometer o erro e pisar onde não se deve".

Segundo Silva (2012), diversos especialistas policiais sugerem uma estrutura ideal para o funcionamento de uma EN. Apesar de as denominações e as terminologias mudarem com frequência, as diretrizes seguem um mesmo direcionamento e a essência das funções principais se mantém. Além disso, é natural que a estrutura básica mude conforme as peculiaridades e as necessidades específicas de cada corporação policial. Partindo-se dessa premissa, uma EN é normalmente estruturada em sete funções distintas, podendo variar de uma corporação para outra. Como exemplo, vejamos a estrutura da EN do Bope da PMPR e as principais missões de cada integrante (Silva; Silva; Roncaglio, 2021):

1. **Comandante da equipe** – Organiza o grupo; participa da seleção de novos membros; distribui funções e tarefas na crise; coordena e supervisiona as atividades da equipe; serve de ligação entre a equipe e os gestores da crise (Cmt. TO e gerente da crise), bem como entre os comandantes do GI e do GAP; seleciona os assuntos para as instruções periódicas da equipe. Na PMPR, tal função é de responsabilidade de um oficial intermediário (capitão).
2. **Negociador principal** – Conduz diretamente o processo de negociação mediante o estabelecimento do contato direto e verbal (na maioria das vezes) com o CEC; escolhe as palavras e estabelece a dinâmica do contato com o CEC, conforme cada caso; recebe assessoramento

técnico, logístico, tecnológico e psicológico dos demais integrantes da equipe para desenvolver seu trabalho.
3. **Negociador secundário** – Assessora tecnicamente o negociador principal, estando sempre em condições de substituí-lo em casos de necessidade ou por estratégia da equipe; observa o trabalho do negociador principal, bem como as falas e gestos do CEC; filtra as informações que chegam ao negociador principal; provê segurança e fornece sugestões quando necessário; busca bloquear eventuais distrações ao negociador principal.
4. **Negociador anotador** – Mantém e atualiza os registros da ocorrência, anotando horários, incidentes, ameaças ou acordos realizados com o CEC; assessora os demais negociadores com informações novas e outras já anotadas anteriormente; entrevista, em local adequado, reféns ou vítimas libertadas e outras pessoas envolvidas para reunir informações importantes sobre o fato; é responsável pela elaboração e manutenção dos chamados *quadros de situação*, que são cartazes ou folhas com informações importantes e atualizadas sobre a crise, afixados em local adequado para uma visualização rápida pelos demais integrantes da equipe e pelos gestores da crise.
5. **Assessor logístico** – É responsável pelos materiais e equipamentos da equipe (montagem, instalação e operacionalidade); exerce a função de motorista da viatura da equipe; é encarregado do registro de imagens fotográficas e em vídeo das ocorrências, bem como das gravações de áudios; auxilia o negociador anotador na montagem e na manutenção dos quadros de situação.
6. **Assessor tecnológico** – Administra e opera os dispositivos tecnológicos da equipe, como maleta (console) de negociação, câmeras, *notebooks* e celulares; monitora

as imagens durante a crise; realiza busca em bancos de dados, fontes abertas e redes sociais sobre a ocorrência e seus envolvidos para subsidiar a equipe.
7. **Assessor psicológico** – É um policial graduado em Psicologia e responsável pela consultoria psicológica durante a ocorrência. Para Strentz (2018), esse profissional ajuda a equipe a lidar com uma grande variedade de questões estressantes, pois, geralmente, é mais hábil e mais experiente em lidar com sucesso com indivíduos deprimidos e suicidas do que a maioria dos policiais. É importante salientar que o assessor psicológico não se envolve diretamente nas negociações, permanecendo no assessoramento da equipe e tendo como principais missões (Silva; Silva; Roncaglio, 2021):

» participar da seleção de novos negociadores;
» prover o treinamento dos negociadores em uma extensa gama de assuntos correlacionados com as crises policiais;
» traçar o perfil do CEC para auxiliar no processo de negociação;
» sugerir técnicas de aproximação ao CEC e de busca pelo *rapport* (vínculo psicológico de confiança) de acordo com a condição mental do CEC;
» monitorar as negociações (na esfera de suas atribuições), interpretando o comportamento e as informações relativas ao CEC e avaliando o risco de suicídio, comportamento autodestrutivo ou violência;
» ajudar a estimar a motivação e a disposição do causador para negociar;
» recomendar a troca do negociador principal caso perceba que ele esteja perdendo a objetividade;

» participar da reunião de *debriefing* no pós-crise, fazendo sugestões técnicas de sua alçada, bem como auxiliar os integrantes com gerenciamento de estresse, principalmente quando a ocorrência terminar de modo negativo.

Para integrar a EN, o policial candidato a negociador deve ser voluntário e apresentar as habilidades específicas para a missão, que serão testadas durante o processo de seleção por meio de exame intelectual, avaliação psicológica, exame de capacidade física e exames de saúde. Na sequência, o candidato precisará ser aprovado no curso de especialização em Negociação e, por fim, ser escolhido para fazer parte da equipe. Atualmente, um curso técnico de Negociação dura em média de quatro a cinco semanas, tendo uma carga horária de 150 a 200 horas-aula, dependendo da corporação policial que promove o treinamento. Via de regra, o curso engloba disciplinas como: Psicologia Aplicada à Negociação, Técnicas e Táticas de Negociação, Doutrina de Gerenciamento de Crises, Noções Básicas sobre Ações Táticas, Gestão de Estresse, Considerações sobre Terrorismo, Estudo de Casos e Exercícios Práticos.

Nas primeiras ocorrências, o novo negociador fará um estágio obrigatório e atuará em funções de apoio (como negociador secundário e anotador) para se familiarizar com a dinâmica da equipe; posteriormente, quando for julgado preparado, poderá assumir a função de negociador principal.

Considerando-se as características e especificidades relacionadas à formação, ao treinamento e às habilidades dos operadores, bem como as ferramentas e táticas a serem utilizadas, a EN deve ter a autonomia necessária para atuar no âmbito de suas atribuições funcionais, com independência organizacional e de comando (Silva; Silva; Roncaglio, 2021). Logo, entende-se que os negociadores não precisam ser obrigatoriamente oriundos de GI ou fazer parte dele. O objetivo de ambos os grupos em uma crise é o mesmo, ou seja, **preservar vidas**. Todavia, não restam dúvidas de que os negociadores e os operadores táticos apresentam claras diferenças estruturais e procedimentais. De todo modo, é essencial que ambos interajam e trabalhem de forma conjunta e harmoniosa para alcançar um resultado satisfatório na crise. Defende-se, por isso, que os grupos façam parte da mesma unidade policial especializada para possibilitar o treinamento e as operações em conjunto, facilitando enormemente o trabalho integrado nas ocorrências reais.

Em uma crise, a EN deve estabelecer o chamado *posto de negociação* (PN), instalação física que servirá de apoio ao processo negocial, a ser realizado por telefone ou por radiocomunicador. Essa estrutura deve estar a uma distância adequada do ponto crítico e dos demais postos (de comando e de comando tático) para não haver interferências externas ao trabalho dos negociadores. Caso não seja possível o contato a distância com o CEC, os integrantes podem realizar a negociação face a face, ou seja, mais próximos do ponto crítico. Nesse caso, a segurança deve sempre ser observada, com os negociadores permanecendo protegidos atrás de estruturas adequadas ou escudos balísticos.

> **PARA SABER MAIS**
>
> Caso deseje aprofundar seus estudos sobre o trabalho dos negociadores, assista ao seguinte documentário:
>
> OS NEGOCIADORES da Polícia de Nova York. Direção:
> Daniel Elias e David Houts. EUA: Hybrid Films, 1999.
> 91 min.
>
> Indicamos também a leitura dos seguintes livros:

> LUCCA, D. V. D. **O negociador**: estratégias de negociação para situações extremas. São Paulo: HSM, 2014.
> SILVA, M. A.; RONCAGLIO, O. L. **Negociação e gestão de conflitos de segurança**. Curitiba: Iesde, 2020.
> SILVA, M. A.; SILVA, L. F.; RONCAGLIO, O. L. **Negociação em crises policiais**: teoria e prática. Curitiba: CRV, 2021.

Em síntese, o trabalho dos negociadores deve sempre ser realizado em equipe estruturada. Há razões técnicas e altamente justificáveis para que isso ocorra, afinal, cada integrante desempenha uma função importante no contexto.

5.8 Grupo de intervenção (GI)

O GI é o grupamento tático policial especializado em intervenções de alto risco, operações de resgate de reféns, combate ao terrorismo e situações que exigem táticas e equipamentos avançados. Trata-se de um grupo treinado para lidar com ameaças significativas e incidentes críticos, utilizando habilidades diferenciadas, estratégias específicas e armamentos especializados para proteger vidas. O GI é composto por PMs devidamente especializados e treinados em ações táticas especiais e, na PMPR, é formado por PMs lotados na Companhia de Comandos e Operações Especiais (COE), subunidade do Bope (Paraná, 2011).

De acordo com Silva (2020), o GI está dividido em áreas de especialização, como: arrombamento tático, ações em ambientes verticais, técnicas e tecnologias não letais (TTNL), ações em ambientes hostis, atendimento pré-hospitalar policial e contraterrorismo. Trata-se de um grupo que utiliza armas e equipamentos especiais, bem como executa ações padronizadas e exaustivamente treinadas para garantir o êxito da missão. No contexto do GC, opera em conjunto com os negociadores e os atiradores de precisão em ações coordenadas.

> **IMPORTANTE!**
>
> Entre as missões do GI estão: orientar a segurança dos gestores do evento, conduzir e proceder à rendição dos causadores da crise, realizar a intervenção tática para resgatar reféns ou vítimas e garantir o desfecho aceitável da ocorrência, utilizando força letal ou não letal conforme necessário.

O GI deve estar sempre em condições de planejar, preparar e executar ações que envolvam o uso de técnicas não letais e invasão tática, bem como auxiliar os demais elementos operacionais (negociadores, por exemplo) nas mais variadas ações a serem desenvolvidas para a resolução do evento crítico. Tanto a entrega de itens negociados ao CEC durante o contato quanto a retirada de reféns do ponto crítico são responsabilidades do GI.

5.9 Grupo de atiradores de precisão (GAP)

O GAP é o grupamento policial especializado que congrega os atiradores de precisão da corporação, também conhecidos como *snipers* policiais. Na PMPR, é formado por PMs da Companhia COE (Paraná, 2011). Em resumo, o grupo tem várias atribuições durante um evento crítico: observação e coleta de informações sobre o fato, apoio ao GI com cobertura de fogo e, em último caso, execução do tiro, uma das alternativas táticas previstas pela doutrina de GC. No caso do tiro, o atirador de precisão recebe a incumbência de disparar em alvos específicos e mediante ordem, visando eliminar totalmente o risco proporcionado pelo CEC.

Simino (2013) relaciona as principais missões dos atiradores de precisão empenhados em uma ocorrência crítica:

» coletar informações por meio de observação (obter e repassar inteligência em tempo real);
» identificar todos os participantes da crise;
» identificar armas e explosivos;
» criar perfis do grupo de suspeitos;
» fornecer descrição física do local da crise;
» localizar as pessoas no ponto crítico;
» monitorar as atividades em tempo real;
» orientar e proteger o deslocamento do GI;
» fornecer fotografias do local e das atividades, quando possível;
» disparar com precisão contra um alvo selecionado, ao receber ordem.

O GAP utiliza materiais, equipamentos, munições e armamentos (fuzis) exclusivos e rigorosamente preparados para a missão. Cada célula de atiradores contém dois integrantes: o observador e o atirador principal.

5.10 Esquadrão antibombas (EAB)

O EAB é uma unidade policial especializada na detecção, desativação e remoção de dispositivos explosivos. É composto por PMs altamente treinados e preparados para lidar com uma ampla variedade de ameaças explosivas, desde bombas convencionais até dispositivos contendo agentes químicos, biológicos, radiológicos e nucleares (QBRN). Na PMPR, o EAB é uma subunidade do Bope, sendo responsável pela intervenção especializada (segunda intervenção ou intervenção secundária) em incidentes críticos, tanto estáticos quanto dinâmicos, com motivações criminosas ou terroristas que envolvam o uso de artefatos explosivos.

O EAB opera sob rigorosos protocolos de segurança, priorizando a preservação de vidas humanas, a proteção de bens materiais, a coleta de vestígios para investigações e a rápida restauração da normalidade. Sua eficácia depende de uma combinação de habilidades humanas, logística apropriada e aplicação de técnicas, táticas e procedimentos especializados (Paraná, 2011).

5.11 Elementos de inteligência

Designados pelo gerente da crise e convocados entre os integrantes das agências locais de inteligência (ALIs) das unidades policiais militares responsáveis pela área territorial onde se desenrola a crise, esses policiais têm como responsabilidade a coleta de informações sobre a ocorrência crítica e detalhes sobre seus envolvidos (CEC, reféns, vítimas etc.). Tais informações deverão ser selecionadas e apresentadas ao Cmt. TO, que as analisará e repassará aos negociadores e operadores táticos, com o objetivo de serem utilizadas em seus procedimentos para alcançar uma solução aceitável do evento. Integrantes da agência central de inteligência (ACI) e das agências regionais de inteligência (ARIs) dos CRPMs também poderão apoiar os gestores das ocorrências críticas.

5.12 Equipes de socorro médico

A partir do início da terceira fase do GC, é fundamental a presença de equipes de socorro médico no local da ocorrência crítica. As ambulâncias do Samu, do Corpo de Bombeiros ou, em locais em que estes não operam, da própria prefeitura da cidade devem permanecer em local pré-estipulado na zona-tampão e aguardar qualquer acionamento. Como o risco na crise é iminente, o surgimento de eventuais feridos durante o gerenciamento poderá ocorrer a qualquer instante, havendo a necessidade de prontidão para atendimentos pré-hospitalares de emergência. Outra tarefa das equipes de socorro médico é fazer a avaliação clínica imediata de reféns ou vítimas liberadas do cárcere e do próprio CEC, mesmo que aparentemente saiam com sua integridade física preservada.

5.13 Assessor de comunicação social

Figura imprescindível no TO, o assessor de comunicação social representa a corporação policial responsável pela crise, encarregando-se de transmitir periodicamente à imprensa as informações selecionadas sobre a ocorrência. Recomenda-se que essas informações sejam transmitidas a cada hora ou sempre que houver mudanças significativas no andamento do evento crítico. O assessor permanece no PC, coletando

> *A presença do assessor de comunicação no sistema de gerenciamento evita a desordenada e desenfreada busca por informações pelos profissionais de imprensa, o que pode atrapalhar o desenvolvimento do trabalho policial técnico.*

informações sobre o fato com o gerente da crise e outros operadores, filtrando-as e repassando-as à imprensa. Os representantes da imprensa devem aguardar fora do perímetro externo, em um local previamente estipulado, para as entrevistas.

Outra missão importante desse assessor é lidar com os parentes das pessoas envolvidas, que invariavelmente estarão nas proximidades em busca de informações sobre seus familiares. Será altamente vantajoso se o assessor escolhido tiver noções ou mesmo formação em Comunicação Social ou Jornalismo. A presença do assessor de comunicação no sistema de gerenciamento evita a desordenada e desenfreada busca por informações pelos profissionais de imprensa, o que pode atrapalhar o desenvolvimento do trabalho policial técnico. Isso já foi registrado em diversas ocasiões, como no caso em que repórteres ou apresentadores ligam para o ponto crítico para falar com o CEC.

Outro aspecto positivo da presença de um assessor de comunicação social é a centralização das entrevistas em apenas um porta-voz. Desse modo, evita-se que vários policiais sejam entrevistados aleatoriamente sobre os fatos e preserva-se o Cmt. TO, figura bastante assediada pelos repórteres. O Cmt. TO pode ser entrevistado, mas preferencialmente no final, quando a ocorrência já estiver consumada. Durante o gerenciamento, o assessor assume tal contato e desobriga essa autoridade de dar entrevistas, evitando eventuais desvios de atenção. Portanto, todos os policiais envolvidos no gerenciamento devem ser informados a respeito da presença do assessor de comunicação social e de sua exclusividade em conceder entrevistas sobre a crise.

5.14 Grupos de apoio e assessores

São todos os grupos de pessoas, policiais ou não, que podem ser solicitados para prestar assessoria em sua área de *expertise* aos gestores do evento e aos operadores especializados, com a execução de tarefas específicas na ocorrência.

Constituem os grupos de apoio e assessores mais comuns:

» **Bombeiros militares** – São acionados para socorro médico e combate a eventuais incêndios no ponto crítico ou nas imediações.

» **Funcionários de diversas empresas** – Incluem as áreas de telefonia, energia elétrica e alimentação, por exemplo.

» **Assessor jurídico** – É necessário quando há questões legais a serem dirimidas.

» **Assessores de saúde** – São médicos, psicólogos e psiquiatras para apoio especializado no âmbito de suas áreas de atuação.

» **Assessor de recursos humanos** – É responsável pela gestão do efetivo policial e de apoio na crise.

» **Assessor logístico** – É responsável por viabilizar os materiais necessários para o desenvolvimento dos trabalhos na crise.

Síntese

Ao encerrarmos esta parte da obra, deixamos evidente a complexidade do processo de gerenciamento de crises (GC). Neste capítulo, indicamos todos os elementos necessários para a realização de um trabalho técnico e completo. Abordamos os conceitos e as características de cada elemento e sua relação com os demais. A quantidade de recursos descritos, humanos ou materiais, torna o GC uma atividade que precisa de gestores e operadores treinados e dedicados a ela.

Estudo de caso*

Um homem foi encontrado tentando suicídio no telhado de sua casa com uma faca de cozinha. Ele alegava que fora traído e abandonado pela esposa e, por isso, não poderia mais viver. Alguns policiais e bombeiros militares chegaram ao local para atender à crise. Eles demonstraram não saber o que fazer tecnicamente, pois não tomaram as medidas de primeira intervenção adequadas. Aliás, havia centenas de pessoas assistindo ao evento e não houve o acionamento das equipes especializadas necessárias ao atendimento da crise. Depois de duas horas tentando de modo empírico e amador resolver o evento, um policial disse ao causador do evento crítico (CEC): "Olha aqui, cara, esquece essa traidora, pois o mundo está cheio de outras mulheres". Antes de pular para a morte, o CEC respondeu: "Ei, não fale assim da minha mulher! Ela é traidora, mas eu a amo, então cala a boca!". Mesmo sendo socorrido, o causador morreu mais tarde.

A falta de técnica e bom senso por parte dos primeiros interventores nessa crise foi crucial para a precipitação da morte do CEC. Vários elementos necessários para um gerenciamento adequado foram negligenciados. Logo, o atendimento de uma crise requer todas as ferramentas essenciais previstas para sua execução, conforme estudado neste capítulo.

---

* Situação hipotética.

Exercício resolvido

1) Sobre os elementos essenciais do processo de gerenciamento de crises (GC), assinale a alternativa **incorreta**:

   a. O gerente da crise é o responsável pelo gerenciamento e detém o poder de decisão sobre as ações a serem tomadas na crise.
   b. O estabelecimento dos perímetros de segurança no entorno do ponto crítico é fundamental para possibilitar o trabalho técnico da polícia.
   c. A operacionalização do processo de negociação em uma crise necessita de uma equipe devidamente treinada e dividida em funções específicas.
   d. O comandante do perímetro (CP) é responsável por operacionalizar e fiscalizar a execução dos perímetros de segurança.
   e. O posto de comando tático (PCT) é o espaço físico de apoio aos policiais do grupo de intervenção, responsáveis pela aplicação das ações táticas necessárias.

   Resposta: Alternativa "a". É o comandante do teatro de operações (Cmt. TO) quem tem o poder decisório na crise, e não o gerente da crise.

Questões para revisão

1) Qual é a diferença entre o comandante do teatro de operações (Cmt. TO) e o gerente da crise?

2) Quais são os dois perímetros de segurança a serem estabelecidos para o atendimento de uma crise localizada e as zonas formadas entre eles?

3) Assinale a alternativa que apresenta o integrante da equipe de negociação (EN) cuja missão é estabelecer contato direto com o causador do evento crítico (CEC) durante o gerenciamento do evento crítico:

   a. Negociador anotador.
   b. Negociador principal.
   c. Primeiro interventor.
   d. Negociador secundário.
   e. Comandante da equipe.

4) Indique a alternativa **incorreta** sobre os elementos essenciais do gerenciamento de crises (GC):

   a. A equipe responsável pela aplicação das técnicas e tecnologias não letais (TTLN) necessárias para a resolução do evento crítico é chamada de *grupo de intervenção* (GI).
   b. O comandante do perímetro (CP) é o ator no teatro de operações (TO) responsável pelo estabelecimento e pela fiscalização dos perímetros de segurança.
   c. O assessor de comunicação social é o responsável pelo contato com os profissionais de imprensa para informá-los a respeito do andamento dos trabalhos na crise.
   d. Uma vez instalado o posto de comando (PC), qualquer policial ou autoridade civil pode ter acesso às instalações para acompanhar o gerenciamento da crise.
   e. O grupo de atiradores de precisão (GAP) tem várias missões em uma crise além da aplicação da alternativa tática do tiro do atirador de precisão policial (APP).

5) Indique a alternativa que contém um elemento essencial para os trabalhos técnicos no gerenciamento de um evento crítico:

   a. Familiares do causador do evento crítico (CEC).
   b. Policiais de folga.
   c. Político influente.
   d. Profissionais de imprensa.
   e. Equipe de negociação (EN).

PERGUNTAS & RESPOSTAS

1) Qual é a importância da função de assessor de comunicação social no contexto do gerenciamento de crises (GC)?

   O assessor de comunicação social tem a missão de atender os profissionais de imprensa e os familiares dos envolvidos que, porventura, estejam buscando informações acerca da crise. Sua atuação é importante porque centraliza as informações selecionadas a serem divulgadas e preserva o comandante do teatro de operações (Cmt. TO), bastante assediado pela imprensa nessas ocasiões.

2) Pensando em uma equipe de negociação (EN) ideal, relacione as funções necessárias para sua operacionalização.

   Comandante da equipe, negociador principal, negociador secundário, negociador anotador, assessor logístico, assessor tecnológico e assessor psicológico.

VI

Alternativas táticas do gerenciamento de crises (GC)

Conteúdos do capítulo:

» Generalidades sobre as alternativas táticas.
» Estudo detalhado de cada uma das alternativas táticas.
» Alternativas táticas para as crises de responsabilidade dos bombeiros.

Após o estudo deste capítulo, você será capaz de:

1. compreender o processo de aplicação das alternativas táticas;
2. identificar as peculiaridades de cada uma das alternativas;
3. apontar as alternativas para as crises atendidas pelos bombeiros militares.

Este último capítulo trata das denominadas *alternativas táticas* previstas pela doutrina de gerenciamento de crises (GC). São as ferramentas técnicas para a busca da solução aceitável em um evento crítico. Os métodos são abordados separadamente e detalhados em suas características e dinâmicas, bem como atrelados aos grupos especiais que têm a missão de executá-los.

6.1 Generalidades sobre as alternativas táticas

Amplamente adotado pelas polícias brasileiras, o sistema de GC revelou-se um processo adequado e eficaz para enfrentar ocorrências complexas que, até a década de 1990, careciam de respostas diretas e apropriadas. Nesse contexto, as chamadas *alternativas táticas*, como parte do sistema de GC, ganharam força, trazendo maior profissionalismo ao atendimento de ocorrências críticas e destacando os grupos, equipes e operadores responsáveis por sua aplicação.

Conforme esclarece Silva (2024), os operadores das alternativas táticas (negociadores e elementos táticos) devem ser devidamente especializados e integrar equipes que treinam e operam de forma conjunta. Na atividade prática policial, houve uma significativa evolução quando as corporações perceberam a necessidade de especializar seus integrantes na gestão de crises para evitar resultados trágicos.

Como mencionado no Capítulo 1, que abordou a evolução histórica do GC, estudos mais recentes sublinham a necessidade de se redefinir o entendimento sobre as alternativas táticas (Silva; Roncaglio, 2021). Essas análises ressaltam especialmente a importância da negociação tática no processo, um tipo de negociação frequentemente utilizado, mas que ainda carece de uma identificação adequada. Com base nesse projeto, as alternativas táticas foram segmentadas em duas categorias: negociação e ações táticas. Ademais, para proporcionar uma melhor compreensão, foram subdivididas da seguinte maneira:

1. **Negociação** – negociação técnica e negociação tática.
2. **Ações táticas** – técnicas não letais, tiro de comprometimento e invasão tática.

Posteriormente, uma nova e moderna categorização, de caráter exclusivamente teórico, procurou facilitar a classificação futura dessas alternativas, principalmente das ações táticas, e aperfeiçoar a realização de estudos estatísticos (Silva, 2024). No trabalho citado, foi verificado que a ação tática utilizada para resolver duas ocorrências críticas na Polícia Militar do Paraná (PMPR) não condiz com nenhuma das alternativas previstas. Foram duas ações táticas com o uso de força letal do grupo de intervenção (GI) em ambiente aberto. Por óbvio, não se enquadram no uso de *técnicas não letais*, pois o resultado foi letal; não se classificam como *tiro de comprometimento*, pois os disparos foram executados pelo GI e não pelo grupo de atiradores de precisão (GAP); e, por fim, não houve invasão tática, pois, como mencionado, ambas as crises foram encerradas em ambiente aberto, com ação letal praticada pelo GI.

Com base nessa análise, cada opção foi subdividida em novas alternativas (Silva, 2024):

1. **Negociação** – negociação técnica e negociação tática.
2. **Ações táticas** – intervenção não letal, intervenção letal e tiro de comprometimento.

Dado que os fundamentos doutrinários são dinâmicos, é possível também interpretar as alternativas à luz da aplicação dos princípios do uso seletivo ou diferenciado da força, que pode ser definido como a "seleção apropriada do nível de força a ser empregado em resposta a uma determinada ameaça real ou potencial, objetivando, em todos os casos, limitar ao máximo possível o uso de meios que possam causar ferimentos ou mortes" (Paraná, 2015, p. 4). Portanto, as alternativas podem ser classificadas segundo o tipo de força a ser utilizado em cada caso, ou seja, se a intervenção envolverá o uso de força letal ou não letal. Vejamos:

1. **Intervenção não letal** – negociação técnica, negociação tática, uso de técnicas e tecnologias não letais e tiro do atirador de precisão policial (emprego não letal).
2. **Intervenção letal** – tiro do atirador de precisão policial (emprego letal) e ação tática do grupo de intervenção.

Em resumo, com base nessa última classificação revista e conforme o diagrama ilustrativo da Figura 6.1, as alternativas táticas podem ser divididas em cinco categorias: (1) negociação técnica; (2) negociação tática; (3) uso de técnicas e tecnologias não letais (TTNL); (4) tiro do atirador de precisão policial (APP); e (5) ação tática do GI.

Figura 6.1 – Alternativas táticas do gerenciamento de crises

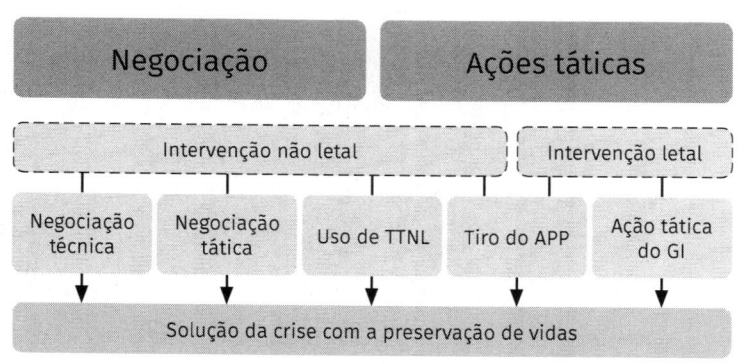

Nota: TTNL = técnicas e tecnologias não letais; APP = atirador de precisão policial; GI = grupo de intervenção.

É importante esclarecer que as propostas recentes de alterações na categorização das alternativas são apenas teóricas, mantendo-se inalteradas, na prática, as ações realizadas pelos grupos especiais. Basicamente, três grupos policiais especializados são responsáveis pela aplicação das alternativas táticas nas crises: a equipe de negociação (EN), que lida com a negociação técnica e a negociação tática; o GI, focado em TTNL, bem como nas ações táticas específicas; e o GAP, responsável pelo tiro de comprometimento, também conhecido atualmente como *tiro do APP*.

A seguir, apresentaremos detalhadamente cada uma das alternativas táticas previstas, bem como suas principais peculiaridades.

6.2 Negociação

A negociação é uma ferramenta crucial para os gestores de crises policiais. Corporações que investem de forma institucional no processo de negociação, criando e mantendo equipes de negociadores, certamente alcançarão excelentes resultados, sobretudo na preservação de vidas humanas durante as ocorrências críticas. Estatísticas revelam que a maioria das crises é resolvida por meio desse processo, conhecido como *negociação técnica*, de forma pacífica e mediante o diálogo. No entanto, se não for possível negociar efetivamente com o causador do evento crítico (CEC), os negociadores podem se tornar um importante suporte para os operadores táticos durante a ocorrência, com a utilização de técnicas específicas da chamada *negociação tática*. Ambos os tipos serão analisados posteriormente.

Silva (2024), em estudo que avaliou todas as crises atendidas no local da ocorrência pelo Batalhão de Operações

Especiais (Bope) da PMPR em 20 anos, de 2003 a 2023, apresentou resultados relevantes com relação a dois tipos de negociação. Das 251 ocorrências críticas gerenciadas no período citado, 159 foram resolvidas pela negociação técnica, ou seja, 63% foram encerradas de maneira pacífica. No que se refere à negociação tática, os números são igualmente expressivos. Para alcançá-los, foi necessário analisar as crises em que se aplicaram alternativas diferentes, a fim de identificar a frequência com que os negociadores efetivamente atuaram em apoio aos policiais táticos. Nesse levantamento, constatou-se que, das 83 crises em que o GI ou o GAP atuaram, os negociadores utilizaram procedimentos de negociação tática em 63 casos, representando 76% do total. Por fim, quando se combinaram os dois tipos de negociação, dos 251 incidentes registrados, os negociadores atuaram efetivamente em 222 deles, representando 88% do total. Esses números, por si sós, justificam plenamente o investimento das corporações policiais em equipes de negociadores.

> *Estatísticas revelam que a maioria das crises é resolvida por meio desse processo, conhecido como negociação técnica, de forma pacífica e mediante o diálogo.*

Em virtude de sua complexidade e especialização, a negociação requer policiais voluntários que sejam experientes, além de cuidadosamente selecionados e treinados. Além disso, o trabalho deve ser realizado em equipe, com cada membro desempenhando uma função predefinida e essencial. Por essa razão, a doutrina considera altamente condenável a participação direta de pessoas não policiais, sejam autoridades ou não, bem como de policiais despreparados nas negociações.

Preste atenção!

No Brasil, até o início dos anos 2000, a atividade era conhecida como *negociação de reféns*, semelhante ao que ocorreu nos Estados Unidos na década de 1970, quando surgiu. Atualmente, é evidente que a atuação dos negociadores vai muito além das crises que envolvem reféns tomados por criminosos comuns. Com o tempo, os profissionais perceberam a necessidade de se especializarem também em casos de tentativas de suicídio, em situações envolvendo pessoas com perturbações mentais e barricadas, em movimentos sociais reivindicatórios com reféns, ações terroristas, entre outras ocorrências. Assim, qualquer situação de conflito que gere uma crise policial se enquadra na área de atuação dos negociadores. Essa evolução levou à adoção da expressão mais moderna e tecnicamente aceita hoje: *negociação em crises policiais*.

Para saber mais

Caso deseje aprofundar seus estudos sobre negociação em crises, consulte os livros indicados a seguir.

McMAINS, M. J.; MULLINS, W. C. **Crisis Negotiations**: Managing Critical Incidents and Hostage Situations in Law Enforcement and Corrections. 5. ed. Waltham: Anderson Publishing, 2014.

ROWE, K. L.; GELLES, M. G.; PALAREA, R. E. Crises e negociação de reféns. In: KENNEDY, C. H.; ZILLMER, E. A. (Org.). **Psicologia militar**: aplicações clínicas e operacionais. Rio de Janeiro: Biblioteca do Exército, 2009. p. 381-404.

> SALIGNAC, A. O. **Negociação em crises**: atuação policial na busca da solução para eventos críticos. São Paulo: Ícone, 2011.
>
> SILVA, M. A.; SILVA, L. F.; RONCAGLIO, O. L. **Negociação em crises policiais**: teoria e prática. Curitiba: CRV, 2021.

No contexto das crises de tentativa de suicídio, Lanceley (2003) destaca a importância do treinamento para os negociadores policiais. A linha entre as situações envolvendo reféns, CECs barricados, crises domésticas e tentativas de suicídio é tênue. Portanto, os negociadores devem estar preparados para lidar com todas essas ocorrências e adaptar suas abordagens conforme necessário. A intervenção em casos de suicídio pode ser especialmente desafiadora, possivelmente mais árdua do que a negociação com reféns.

Como visto, a prática da negociação evita ações mais drásticas e violentas, minimizando os riscos para os envolvidos, inclusive para o CEC. Salignac (2011, p. 14) especifica:

> A Negociação em Crises não é uma ciência. É uma arte, que se vale de várias ciências. Sua aplicação, consequentemente, não produz resultados absolutamente certos e garantidos. Entretanto, as vantagens que assegura aos policiais e aos demais envolvidos nas crises podem ser constatadas pela simples leitura dos periódicos: nos eventos em que seus princípios básicos não foram seguidos fielmente, o que houve foi tragédia e desmoralização do Estado.

Apesar das inúmeras vantagens do processo negocial, muitas corporações policiais brasileiras não dão a devida importância a essa atividade, investindo timidamente nesse campo ou até mesmo não mantendo equipes de negociadores. Algumas corporações sequer dispõem de uma EN, enquanto outras contam apenas com um único profissional para atuar como negociador. Essa falta de investimento pode resultar em prejuízos evidentes quando uma crise ocorrer no território.

6.2.1 Negociação técnica

A negociação técnica, também conhecida como *negociação "real* ou *negociação pura*, tem como objetivo impulsionar uma mudança no comportamento do CEC por meio do diálogo, buscando que ele apresente alterações em sua conduta e aceite encerrar a ocorrência pacificamente (Silva; Silva; Roncaglio, 2021). Trata-se de um conjunto de técnicas que utiliza a barganha, a persuasão, a influência e o poder de convencimento como ferramentas para a resolução da crise. É o primeiro processo a ser considerado e o que impõe menor risco aos envolvidos. Economiza tempo e possibilita o trabalho de inteligência enquanto o processo de gerenciamento se desenrola. Evita ações precipitadas e diminui as implicações legais posteriores.

> *Os negociadores têm como missão precípua o contato com o CEC do evento para persuadi-lo a encerrar pacificamente a crise.*

Os negociadores têm como missão precípua o contato com o CEC do evento para persuadi-lo a encerrar pacificamente a crise. De acordo com Lucca (2002), o processo de negociação consiste em acalmar o CEC que faz reféns, estabelecendo uma relação de confiança entre ele e o negociador principal da equipe, a fim de convencê-lo de que a melhor solução é sair do ponto crítico para que lhe sejam garantidas a vida e a integridade física. No caso do CEC suicida ou mentalmente perturbado, o foco é persuadi-lo a deixar o ponto crítico e aceitar os tratamentos necessários.

6.2.2 Negociação tática

Mesmo nas situações em que, por diversos motivos, é impossível negociar com o CEC e outras alternativas precisam ser empregadas, os negociadores desempenham um papel crucial em apoio ao GI e ao GAP por meio do processo denominado *negociação tática*. Nesses casos, os negociadores auxiliam na preparação do ambiente, permitindo que os policiais táticos executem as ações necessárias para resolver a situação.

Sobre a negociação tática, Silva, Silva e Roncaglio (2021, p. 145) esclarecem o seguinte:

> Ainda que o objetivo principal da equipe de negociação numa situação crítica seja a solução negociada de forma técnica, considerados os benefícios que proporciona (menor risco de morte ou lesões nos envolvidos, por exemplo), devemos admitir que por vezes essa categoria de negociação pode (em decorrência dos mais variados motivos) não evoluir da maneira esperada ou não atingir os objetivos ou metas pretendidas no processo. Entretanto, não é por isso que a negociação "termina". Ela apenas muda o foco, passando à condição de "negociação tática", o que não significa nenhuma alusão às falhas, falta de empenho ou demérito do negociador (desde que tenha atuado tecnicamente de acordo com a doutrina, é claro).

Quando ocorre a mudança da negociação técnica para a negociação tática, é crucial que o negociador compreenda as especificidades de sua função tática e tenha ciência das medidas que deve adotar (Silva, 2024). Há diversos procedimentos técnicos a serem realizados nesse momento, que visam prover suporte tático aos integrantes do GI e do GAP, auxiliando na preparação do ambiente, dos reféns e do CEC para o necessário emprego de força, letal ou não letal.

6.3 Ações táticas

As ações táticas compreendem as alternativas planejadas e aplicadas pelos operadores táticos da corporação quando a negociação técnica não é possível (Silva; Roncaglio, 2021). Esses procedimentos ocorrem após uma resposta positiva aos critérios de ação e envolvem o uso necessário de força, seja ela letal ou não, para propiciar o encerramento aceitável da situação crítica. As ações devem ser aplicadas pelos policiais especialistas do GI e do GAP. Portanto, esses profissionais precisam estar altamente preparados para as missões, que são complexas e apresentam grandes riscos aos envolvidos. As alternativas táticas que fazem parte desse grupo e que serão analisadas a seguir são: uso de TTNL, tiro do APP e ação tática do GI.

> *Quando a negociação não é mais possível, o GI deve estar preparado para planejar e executar ações táticas não letais.*

6.3.1 Uso de técnicas e tecnologias não letais (TTNL)

Anteriormente denominadas somente de *técnicas não letais*, as TTNL são uma alternativa de responsabilidade do GI e abrangem todas as ações tomadas com a utilização de armas, meios e instrumentos não letais, com o objetivo final de preservação da vida do CEC. Quando a negociação não é mais possível, o GI deve estar preparado para planejar e executar ações táticas não letais. O objetivo é neutralizar o risco causado pelo CEC, mantendo-o vivo para ser encaminhado à delegacia a fim de responder por seus atos ou ser encaminhado para tratamentos médicos e psiquiátricos. Há várias TTNL previstas para buscar a solução da crise: imobilizações táticas, uso de agentes químicos (gás lacrimogêneo, bombas de efeito moral, gás de pimenta e afins), uso de instrumentos de menor potencial ofensivo (Impo), dispositivos eletrônicos incapacitantes (de marcas como Taser e Spark), jatos d'água, redes, entre outras.

O principal objetivo do uso dessas técnicas e tecnologias é intimidar psicologicamente e dissuadir o CEC, devendo ser aplicadas por pessoal especializado e com autorização do comandante do teatro de operações (Cmt. TO). É importante destacar que os termos *arma não letal* e *agente não letal* referem-se à maneira como são usados, e não ao material em si. Portanto, não se pode aceitar a possibilidade de morte causada por uma arma não letal em razão de uso inadequado, desconhecimento, descontrole ou falta de treinamento (Lucca, 2002).

O uso de armas de fogo também pode ser considerado uma técnica não letal, desde que o disparo seja direcionado a uma região não letal do corpo do CEC, de modo planejado e controlado por um especialista. Um exemplo é o APP, que, depois de avaliar o risco e receber autorização do Cmt. TO, dispara na mão de um indivíduo armado, neutralizando o risco sem causar a morte. Outros exemplos incluem tiros de precisão em armas de suicidas, por exemplo, conhecidos como *tiros antimateriais*.

> *Quando a negociação não é mais possível, o GI deve estar preparado para planejar e executar ações táticas não letais.*

Assim, o objetivo principal das TTNL é preservar a vida do CEC, permitindo que ele responda por seus atos, como em casos de crimes frustrados com reféns, ou receba o tratamento de saúde adequado, por exemplo, na situação de um suicida. Ao promoverem essa alternativa, os doutrinadores mostram uma grande preocupação com a preservação da vida de todos os envolvidos na crise, incluindo a do CEC.

6.3.2 Tiro do atirador de precisão policial (APP)

O tiro do APP, anteriormente conhecido como *tiro de comprometimento*, é uma alternativa tática essencial para a resolução de crises envolvendo reféns localizados. Para Lucca (2002, p. 85), "a aplicação dessa alternativa tática necessita de uma avaliação minuciosa de todo o contexto, sobretudo, do polígono formado pelo treinamento, armamento, munição e equipamento", elementos fundamentais para que o objetivo idealizado seja alcançado. O tiro de precisão policial é executado pelo APP ou *sniper* policial (também referenciado comumente como *atirador de elite*). Embora tais atuações pareçam simples – uma vez que basta mirar e atirar sem se expor –, na realidade, são difíceis e complexas.

O caminho do atirador para chegar ao nível de excelência é longo e difícil, passando por um árduo e constante treinamento e pelo aprimoramento de equipamentos e armamentos. De acordo com Lucca (2002, p. 86), "o Atirador de Precisão atua numa área cinzenta, pouco conhecida e explorada nas instruções, nos manuais e nos livros especializados". Entre os procedimentos previstos para a atuação da polícia em uma crise estática, este é, surpreendentemente, o mais difícil de preparar e executar com sucesso, não admitindo qualquer margem para erro.

O disparo seletivo do atirador de precisão pressupõe a autorização do Cmt. TO, após uma avaliação metódica dos critérios de ação (necessidade, validade do risco e aceitabilidade). É do atirador a total responsabilidade pela escolha do momento para executar o tiro, depois de receber o "sinal verde". O tiro de comprometimento tenciona eliminar a ameaça à vida de reféns, de vítimas e do próprio causador da crise.

O tiro do APP pode ser letal ou não letal, dependendo da necessidade da ocorrência. A esse respeito, Simino (2013, p. 18) destaca:

> O tiro pode ser um disparo antimaterial, tendo como alvo armas, equipamentos e outros objetos, ou o disparo de incapacitação imediata, eliminando o CEC, e, consequentemente o risco proporcionado por ele, desde que a ação esteja devidamente amparada legalmente e após constatação de que não havia possibilidade de utilização das demais alternativas.

É uma alternativa que poderá ser aplicada de forma planejada e combinada com outras alternativas táticas, dependendo do desenrolar do evento.

> **PARA SABER MAIS**
>
> Para entender melhor a atuação do *sniper*, assista ao seguinte filme:
>
> SNIPER americano. Direção: Clint Eastwood. EUA: Warner Bros., 2014. 133 min.

6.3.3 Ação tática do grupo de intervenção (GI)

Essa alternativa envolve o uso necessário da força letal para incapacitar o CEC, neutralizando o risco que ele representa na crise. O objetivo é preservar a vida das vítimas ou reféns ameaçados, podendo a aplicação ocorrer em ambientes abertos ou confinados. O termo anteriormente utilizado (*invasão tática*) foi alterado pois essa expressão exclui incidentes que ocorrem em ambientes abertos. É uma opção que aumenta excessivamente o risco aos envolvidos, sobretudo para as pessoas ameaçadas e para os próprios policiais que realizam a ação. Sua aplicação exige a análise e a aprovação de todos os critérios de ação da doutrina de GC (necessidade, validade do risco e aceitabilidade). Com base nas informações fornecidas pelos negociadores, indicando que não há mais possibilidade de negociação com o CEC, o Cmt. TO poderá optar por essa alternativa.

Quando o risco no ponto crítico se torna intolerável e a ação tática é autorizada, o GI deve planejar cuidadosamente a operação. Esse planejamento deve levar em conta todas as características do local e as possíveis contingências. Para isso, o GI usará os equipamentos, os armamentos e as técnicas necessárias para a execução. Esse procedimento pode ser combinado com outras alternativas do GC.

==Em razão do alto risco envolvido, uma intervenção letal do GI deve ser realizada exclusivamente por um GI devidamente treinado, equipado e armado, integrado ao contexto do GC.== No Brasil e em todo o mundo, há registros de primeiros interventores policiais que, sem treinamento, equipamentos e armamentos adequados, agiram precipitadamente ao resgatar reféns ou vítimas. Isso resultou na morte e em ferimentos de inocentes e, em alguns casos, dos próprios policiais.

A intervenção letal do GI é uma ação extremamente arriscada e complexa, cujo risco pode ser minimizado quando os operadores estão plenamente capacitados. Por ser a alternativa derradeira, não permite improvisação ou amadorismo.

Questões para reflexão

1) Cite as cinco alternativas táticas da doutrina de gerenciamento de crises (GC) e reflita sobre a relevância de cada uma durante o evento crítico.

2) Qual é a importância de grupos especializados específicos para a aplicação de cada uma das alternativas táticas em um evento crítico?

6.4 Alternativas táticas para crises de responsabilidade dos bombeiros

No Paraná e em outros estados, os bombeiros militares são responsáveis por lidar com ocorrências críticas envolvendo indivíduos suicidas desarmados. É relevante destacar que, desde dezembro de 2022, o Corpo de Bombeiros Militar do Paraná (CBMPR) tornou-se independente da PMPR, mantendo colaboração mútua durante crises. Conforme os protocolos da PMPR, exemplos de ocorrências envolvendo indivíduos suicidas desarmados incluem: CEC encontrado em locais elevados ou que possibilitem precipitação ou queda, ingestão de medicamentos ou substâncias tóxicas, uso de gás liquefeito de petróleo (GLP), enforcamento, uso de fogo, entre outras situações (Paraná, 2019b). Para essas crises, o CBMPR conta com um grupamento especializado, o Grupo de Operações de Socorro Tático (Gost), que estará disponível para prestar o devido assessoramento técnico à ocorrência.

Com base nas alternativas táticas utilizadas em crises policiais e na experiência acumulada em diversas ocorrências de tentativas de suicídio gerenciadas pelas equipes especiais do Bope, são propostas três alternativas táticas a serem aplicadas pelos bombeiros em crises com suicidas desarmados. Essas alternativas seguem os mesmos princípios das táticas policiais, com algumas alterações de nomenclatura. Evidentemente, há a exceção da alternativa de tiro do APP, que não é aplicável no contexto das operações dos bombeiros.

O objetivo primordial é o mesmo da versão policial: garantir uma solução aceitável para o evento crítico, possibilitando a saída do CEC com vida para que ele possa ser encaminhado aos tratamentos médico e psiquiátrico necessários. Além disso, a doutrina permite a utilização de técnicas de maneira metódica e organizada, aplicando-se as alternativas necessárias para cada caso específico, isoladamente ou em combinação, conforme ilustrado na Figura 6.2.

Figura 6.2 – Alternativas táticas para as crises de responsabilidade dos bombeiros

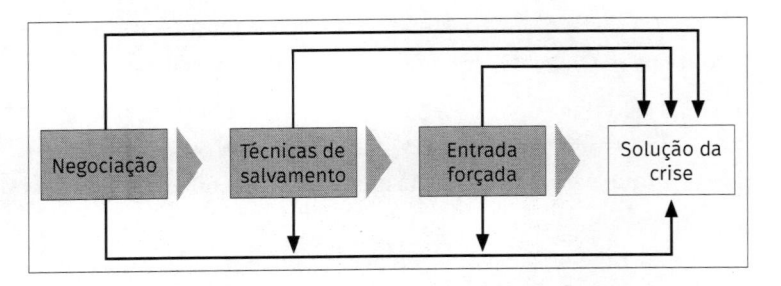

```
Negociação → Técnicas de salvamento → Entrada forçada → Solução da crise
```

Durante o gerenciamento de crises, tanto os policiais militares (PMs) quanto os bombeiros devem colaborar mutuamente. Por exemplo, em uma crise envolvendo um suicida desarmado, os bombeiros serão responsáveis pelo gerenciamento, ao passo que os PMs fornecerão o suporte necessário, como o isolamento da área. Em contrapartida, em uma crise de roubo frustrado com reféns, por exemplo, os bombeiros atuarão no suporte às equipes policiais, realizando ações pertinentes à sua área de competência, como atendimentos pré-hospitalares e combate a incêndios.

Diante disso, no caso de GC com suicidas desarmados, são alternativas ao Corpo de Bombeiros: negociação, técnicas de salvamento e entrada forçada.

6.4.1 Negociação

Assim como nas crises policiais, a negociação deve ser a primeira alternativa tática considerada. O processo de conversação e acolhimento de pessoas suicidas encontradas na iminência de abreviarem suas vidas é extremamente fundamental. Obviamente, esse contato deve ser realizado com técnica e praticado por uma EN, composta por bombeiros especializados. O princípio do trabalho em equipe e as funções dentro do grupo seguem o que já foi exposto anteriormente para a equipe policial de negociação. Cada integrante tem uma missão específica e todos se ajudam mutuamente. Diante do exposto, é imprescindível que os bombeiros criem equipes especializadas nessa área, já que têm a missão normativa de gerenciar crises com suicidas desarmados.

As ocorrências com suicidas desarmados têm características próprias e se dão principalmente em locais altos – edifícios, pontes, viadutos, torres de alta tensão, torres de comunicação, telhados, lajes e afins –, onde o CEC é encontrado no momento do ensaio para o salto. Há, no entanto, registros de outros casos, como o suicida que se tranca em casa ou em outro ambiente e ameaça se matar ingerindo medicamentos ou substâncias tóxicas, ou aquele que utiliza um botijão de gás para perpetrar o ato fatal, entre outras situações em que não há armas de fogo ou demais objetos que sirvam como armas. Caso haja dúvida sobre a existência de armas no local, a PM deve ser acionada para assumir a gestão da crise.

Nesses casos, os bombeiros negociadores devem estabelecer um canal de comunicação efetivo com o CEC e empregar as técnicas previstas para demovê-lo da ideia de se matar. Se o causador estiver em um ambiente alto, por exemplo, a equipe deve criar mecanismos para se aproximar dele com toda a segurança e prover as condições necessárias para o contato verbal. Caso ele proíba qualquer aproximação (em altura, sua visibilidade é uma notória desvantagem), o negociador principal da equipe deve se esforçar para convencê-lo de que tal aproximação é necessária para se inteirar de seus problemas e poder ajudá-lo. Sem condições de contato, inexiste a possibilidade de negociação.

6.4.2 Técnicas de salvamento

Traçando uma analogia com as chamadas *técnicas e tecnologias não letais* das crises policiais, a terminologia julgada mais apropriada no caso dos bombeiros é *técnicas de salvamento*, considerando-se sua missão precípua de salvar pessoas. Caso se constate a impossibilidade de negociação com o CEC, os bombeiros do grupo de salvamento podem ser autorizados pelo Cmt. TO a aplicar as técnicas de resgate necessárias para o caso específico. Em uma crise em altura, por exemplo, os bombeiros têm as ferramentas adequadas para resgatar o CEC e devem fazê-lo com extrema segurança e coordenação com os demais elementos do processo de gerenciamento instalado.

Segundo Aguiar (2013), o resgate de um suicida em lugares altos é muito técnico e exige conhecimento e treino de quem opera. O autor acrescenta que, apesar de emocionante, esse salvamento é o mais difícil de todos os tipos de resgate, pois não dá chance ao erro. Assim, o preparo dos operadores jamais pode ser negligenciado, e um grupo de resgate precisa estar devidamente treinado para semelhante ocorrência.

Para o salvamento do CEC em locais altos, o ambiente (TO) tem de estar devidamente preparado, inclusive com o isolamento perfeito por meio de perímetros de segurança e as equipes de atendimento pré-hospitalar em prontidão. A ação de resgate pode ser realizada de forma combinada com técnicas de negociação tática, por exemplo, quando o negociador prepara o ambiente para a implementação de uma intervenção. Basicamente, as técnicas nesse caso são voltadas ao propósito de distrair o CEC enquanto o grupo de resgate age. Naturalmente, as crises em altura são diferentes e apresentam características específicas. Por isso, os bombeiros devem se preparar para atendê-las de modo profissional e técnico, cientes dos riscos inerentes.

6.4.3 Entrada forçada

Terceira alternativa tática, a chamada *entrada forçada* impõe-se quando o suicida desarmado está em um ambiente confinado e sem condições de contato. Eventualmente, o causador estará ferido ou inconsciente, sendo essencial entrar no ambiente para socorrê-lo. A estratégia é similar à da alternativa *ações táticas do GI* das crises policiais, quando os operadores invadem um ambiente para resgatar reféns ou vítimas ou imobilizar o causador mentalmente perturbado e armado. A diferença, no caso dos bombeiros, é que não há presença de arma de fogo, arma branca ou qualquer outro objeto que sirva de arma para o intento suicida do causador.

A nomenclatura foi sugerida para criar uma distinção com relação às ações policiais, além de a expressão *entrada forçada* já ser comumente utilizada pelos bombeiros em suas operações. Na prática, são ocorrências em que o CEC, em casa ou em local fechado, tenta o suicídio pela ingestão de medicamentos controlados ou substâncias venenosas e perigosas, como veneno de rato e produtos de limpeza. Contudo, há outros tipos de crise com suicidas em ambientes confinados que comportam a atuação dos bombeiros, como no caso do CEC que utiliza o gás de cozinha (GLP) ameaçando colocar fogo no próprio corpo ou explodir a casa como meio para o suicídio ou, ainda, do CEC que, em um ambiente fechado, usa uma corda e um banco para se enforcar, entre outros exemplos.

Vale enaltecer a importância imperiosa das alternativas táticas para o processo de GC tanto de situações policiais quanto das relativas aos bombeiros, condição sem a qual um GC técnico inexiste.

A entrada forçada no ponto crítico pressupõe a plena constatação de que não há qualquer tipo de arma no local em posse do causador. No Paraná, por exemplo, caso haja dúvidas se o CEC está com uma faca ou uma arma de fogo, a ocorrência deve ser imediatamente repassada ao Bope da PMPR, responsável pelo atendimento das crises com suicidas armados.

Assim como nas crises policiais, a ação de entrada deve seguir todos os princípios doutrinários para ser autorizada e, uma vez permitida, deve ser realizada por um grupo treinado e equipado com as ferramentas e os materiais adequados, para não haver tragédias.

Vale enaltecer a importância imperiosa das alternativas táticas para o processo de GC tanto de situações policiais quanto das relativas aos bombeiros, condição sem a qual um GC técnico inexiste. A aplicação de tais alternativas requer recursos humanos especializados e materiais específicos. Portanto, as corporações que pretendem atender as crises em sua jurisdição de maneira técnica e responsável devem investir nas alternativas táticas aqui estudadas.

SÍNTESE

Neste último capítulo da obra, buscamos realizar um estudo sobre as alternativas táticas que estão vinculadas ao processo de gerenciamento de crises (GC). Destacamos que cada uma das cinco alternativas (negociação técnica, negociação tática, uso de técnicas e tecnologias não letais – TTNL, tiro do atirador de precisão policial – APP e ações táticas do grupo de intervenção – GI) tem sua importância fundamental como ferramenta específica para a resolução das crises policiais. Também sugerimos detalhadamente as três alternativas para a atividade dos bombeiros (negociação, técnicas de salvamento e entrada forçada). Concluímos com a ressalva de que a corporação que não investir nas alternativas táticas e nos grupos especializados que devem aplicá-las estará sujeita ao insucesso, e somente com muita sorte conseguirá um resultado aceitável.

Estudo de caso

Uma semana depois de ter assassinado um suposto amigo, Carlos* voltou sua ira para a ex-esposa, Janete*. Para ele, a mulher o tinha denunciado para a polícia. Segundo a mulher, Carlos era viciado em crack *e demonstrava um grave comprometimento mental, alegando ouvir vozes e ser perseguido por demônios. Na noite dos fatos, Carlos descobriu que Janete estava na casa do tio dela e foi até lá armado com um revólver calibre 38. Antes, porém, enviou mensagens de texto com ameaças de morte para ela e a mãe. Quando Janete percebeu a chegada de Carlos à casa de seu tio Juarez*, conseguiu apanhar o filho pequeno e fugiu. Carlos, nervoso, questionou Juarez sobre o paradeiro da mulher. Com a resposta negativa, Carlos passou a ameaçá-lo, dizendo que, já que ele a estaria escondendo, seria morto no lugar dela. Assim que saiu de casa às pressas, Janete ligou para a Polícia Militar (PM). Alguns PMs chegaram e confirmaram o fato, que nesse momento se transformou em uma crise localizada de cárcere privado com vítima. Depois da primeira intervenção realizada pelos policiais da área, a estrutura para o gerenciamento do evento foi montada com todas as funções, equipes, perímetros e ferramentas necessárias. Inicialmente, os negociadores estabeleceram contato com Carlos por telefone. Durante a conversação, foram constatadas, de fato, sua perturbação mental e sua irredutibilidade em liberar Juarez. Carlos exigia que Janete fosse trazida ao local para ser trocada pelo tio – exigência, obviamente, impossível de ser autorizada. Os integrantes do grupo de intervenção (GI) passaram a estudar o interior do ponto crítico com a ajuda da própria Janete e de vizinhos. O negociador principal*

---

* Nomes fictícios.

continuou tentando convencê-lo a sair, mas, após quatro horas, o causador do evento crítico (CEC) disse que nada mais falaria e que mataria a vítima caso os policiais tentassem tirá-lo de lá. Dessa maneira, ele cortou todos os contatos, desligando o telefone fixo e o celular.

O comandante do teatro de operações (Cmt. TO) foi informado e questionou o GI sobre suas possibilidades de atuação. Após um período sem contato, a autoridade policial, com as informações técnicas e a análise dos critérios de ação, aprovou o plano e autorizou a ação tática de entrada no local. O ambiente foi preparado e a ação executada. A casa, de alvenaria com tijolos simples e porta barricada, levou o GI a optar pela entrada pela parede da sala com explosivos. Após a explosão, o CEC disparou contra os policiais até ser neutralizado. Socorrido pelos bombeiros, não resistiu aos ferimentos e faleceu. A vítima foi resgatada ilesa, encerrando a crise de forma aceitável.

Esse caso real destaca a importância de se gerenciar eventos críticos de maneira técnica e legalmente amparada, garantindo a presença de todos os elementos necessários. Observa-se a correta aplicação das alternativas táticas do gerenciamento de crises (GC) estudadas neste capítulo. Inicialmente, a **negociação técnica** foi utilizada, mas em virtude da falta de disposição do CEC em manter contato com o negociador principal, foi necessário recorrer à negociação tática. Para resolver a ocorrência de modo aceitável, aplicou-se uma alternativa mais apropriada: a **ação tática do GI**, que invadiu a residência abrindo um buraco na parede com explosivos. A ação foi realizada pelos operadores da Companhia de Comandos e Operações Especiais (COE), devidamente preparados para a missão. Todos os procedimentos e autorizações foram aprovados pelos gestores da crise, e o desfecho foi considerado aceitável em todos os aspectos.

Exercício resolvido

1) Assinale a opção correta sobre as alternativas táticas previstas pela doutrina de gerenciamento de crises (GC):

   a. A ação tática do grupo de intervenção (GI) é a primeira alternativa a ser considerada durante o gerenciamento de uma crise.
   b. Cada alternativa será aplicada somente de forma individual e seguindo rigorosamente a ordem estipulada pela doutrina.
   c. É importante que as corporações policiais invistam nas equipes especiais, que têm por missão aplicar as alternativas táticas em uma crise.
   d. A alternativa *tiro do atirador de precisão policial* (APP) pode ser aplicada por qualquer policial que tiver um fuzil e aparecer na ocorrência.
   e. Eventualmente, a morte do causador do evento crítico (CEC) durante a aplicação da alternativa *técnicas e tecnologias não letais* (TTNL) pode ser aceitável.

   Resposta: Alternativa "c". O investimento em recursos humanos e materiais nas equipes especiais é essencial para que possam executar a missão de modo técnico e adequado.

Questões para revisão

1) Cite as cinco alternativas táticas previstas pela doutrina de gerenciamento de crises (GC), na ordem a serem consideradas.

2) Por que a alternativa *negociação técnica* é a primeira a ser tentada durante o gerenciamento de uma crise?

3) Assinale a opção que apresenta as alternativas a serem executadas pelo grupo de intervenção (GI) durante o gerenciamento de uma crise:

   a. Negociação tática e ações táticas.
   b. Tiro do atirador de precisão policial e entrada forçada.
   c. Técnicas e tecnologias não letais e ações táticas.
   d. Técnicas de salvamento e negociação técnica.
   e. Negociação tática e técnicas e tecnologias não letais.

4) Indique se as afirmações sobre as alternativas táticas do gerenciamento de crises (GC) são verdadeiras (V) ou falsas (F):

   ( ) Caso o causador do evento crítico (CEC) não permita a presença de policiais táticos nas proximidades do ponto crítico, os próprios negociadores podem invadir o local, se necessário.

   ( ) As alternativas táticas do GC podem ser aplicadas de forma tanto individual quanto combinada entre elas.

   ( ) Na execução da alternativa *entrada forçada*, os bombeiros do grupo de resgate têm de usar os meios técnicos para ultrapassar obstáculos físicos com o intuito de encontrar e socorrer o CEC.

   ( ) Quando a negociação é aplicada diretamente pelos integrantes do grupo de intervenção (GI), as vantagens são enormes para o gerenciamento.

   ( ) O objetivo da aplicação da alternativa *técnicas e tecnologias não letais* é a neutralização do risco que o CEC proporciona, porém sem matá-lo.

Agora, assinale a alternativa que corresponde à sequência correta:

- a. F, F, V, V, F.
- b. F, V, F, F, V.
- c. V, F, V, V, F.
- d. F, F, V, V, V.
- e. F, V, V, F, V.

5) Nas ocorrências de tentativa de suicídio com causador do evento crítico (CEC) desarmado, que são de responsabilidade do Corpo de Bombeiros, as alternativas tecnicamente adequadas são:

- a. negociação, técnicas de salvamento e entrada forçada.
- b. negociação, técnicas e tecnologias não letais e entrada forçada.
- c. técnicas de salvamento, ação tática e negociação técnica.
- d. negociação tática, técnicas de salvamento e ação tática.
- e. negociação, entrada forçada e tiro do atirador de precisão policial.

PERGUNTAS & RESPOSTAS

1) É possível apenas um operador realizar o processo de negociação adequado durante o gerenciamento de uma crise?

Não, pois terá grandes dificuldades para realizar todas as ações necessárias referentes ao processo negocial. Portanto, a doutrina prevê a formação de uma equipe de negociadores composta por integrantes com funções específicas, que devem atuar de forma colaborativa.

2) Como é dada a autorização para aplicar a alternativa *ação tática do* grupo de intervenção (GI) durante o gerenciamento de um evento crítico?

Há a necessidade imperiosa de que todos os critérios de ação da doutrina (necessidade, validade do risco e aceitabilidade) sejam analisados e aprovados. De posse das informações trazidas pelos negociadores de que não há mais possibilidade de negociação com o causador do evento crítico (CEC), o comandante do teatro de operações (Cmt. TO) pode decidir pela aplicação dessa alternativa para solucionar a crise.

À guisa de conclusão, esta obra evidencia a importância do estudo do tema *gerenciamento de crises* (GC) por parte de todos os operadores de segurança pública. Estas breves páginas procuraram demonstrar que um trabalho conjunto, técnico e isento de vaidades pessoais em uma crise policial evita resultados catastróficos e a perda de valiosas vidas humanas. As corporações policiais que ainda não perceberam a relevância do processo ou sequer apoiam seus operadores especializados durante um evento crítico estão fadadas ao insucesso e podem, em um futuro próximo, ter de se defender perante os persistentes microfones da imprensa em decorrência de suas ações amadoras e infelizes. Além disso, é muito difícil justificar para o Poder Judiciário ações empíricas e improvisadas que gerem mortes no ponto crítico.

O GC é um processo global que abrange várias atividades: negociação, perímetros de segurança, primeira intervenção, posto de comando (PC), grupo de intervenção (GI) e demais

considerações finais

elementos apresentados nesta obra. Para um andamento perfeito, todas as peças devem estar em plenas condições de funcionamento. Por analogia, o processo de GC é um motor, e os elementos são as partes que, juntas, permitem seu bom funcionamento. Se uma das peças faltar ou apresentar algum defeito, o motor pode funcionar com dificuldades ou sequer operar – daí a conclusão de que cada peça que integra o processo de gerenciamento deve ser adequada e específica para cada trabalho.

Outra importante constatação é que as doutrinas policiais estão em franca evolução. Em GC, as mudanças advindas de transformações sociais e técnicas policiais são bem visíveis. Um exemplo: na Polícia Militar do Paraná (PMPR), até o início da década de 2000, o procedimento chamado *inquietação* era uma tática comumente utilizada durante as crises, sobretudo nas madrugadas. Consistia em fazer muito barulho do lado de fora do ponto crítico, com sirenes, bombas, tiros e afins, para evitar que os causadores dormissem e, assim, favorecer que a polícia os "ganhasse no cansaço", por assim dizer. Hoje, entretanto, esse procedimento é totalmente vedado e abominado pela doutrina, pois comprovadamente aumenta o nível de estresse e tensão dos causadores. Portanto, as pessoas ameaçadas sofrem com essa ação e têm risco de morte potencializado.

A partir do estudo da doutrina de GC e de seus procedimentos técnicos, novos aprendizados e ideias podem surgir para complementar, aprimorar e até substituir alguns preceitos existentes. Cremos que esta obra pode gerar reflexões e discussões sobre o tema, fundamentais para a modernização das técnicas e a sensibilização de todos os envolvidos no processo. Afinal, as vidas envolvidas em uma crise merecem sempre um trabalho técnico e profissional por parte das autoridades policiais.

lista de siglas

ACI Agência Central de Inteligência
ALI Agência Local de Inteligência
APP Atirador de precisão policial
ARI Agência Regional de Inteligência
AVM Associação da Vila Militar
Bope Batalhão de Operações Especiais
CBMPR Corpo de Bombeiros Militar do Paraná
CEC Causador do evento crítico
CHiP California Highway Patrol
Cmt. TO Comandante do teatro de operações
COE Comandos e Operações Especiais
COEsp Curso de Operações Especiais
COT Comando de Operações Táticas
CP Comandante do perímetro
CPU Coordenador do policiamento da unidade
CRPM Comando Regional de Polícia Militar
DHS Department of Homeland Security
DPF Departamento de Polícia Federal
EAB Esquadrão antibombas
EN Equipe de negociação
FBI Federal Bureau of Investigation
Funai Fundação Nacional dos Povos Indígenas

GAP	Grupo de atiradores de precisão
GC	Gerenciamento de crises
GEO	Grupo Especial de Operaciones
GI	Grupo de intervenção
GIGN	Groupe d'Intervention de la Gendarmerie Nationale
GLP	Gás liquefeito de petróleo
Gost	Grupo de Operações de Socorro Tático
GSG-9	Grenzschutzgruppe 9
Impo	Instrumentos de menor potencial ofensivo
LAPD	Los Angeles Police Department
NYPD	New York Police Department
OMS	Organização Mundial da Saúde
PC	Posto de comando
PCT	Posto de comando tático
PF	Polícia Federal
PI	Ponto de isolamento
PIC	Primeira intervenção em crises
PM	Polícia Militar/policial militar
PMPR	Polícia Militar do Paraná
PN	Posto de negociação
ROC	Relatório de ocorrência crítica
Samu	Serviço de Atendimento Móvel de Urgência
SCI	Sistema de Comando de Incidentes
Siate	Serviço Integrado de Atendimento ao Trauma em Emergência
SWAT	Special Weapons and Tactics
TO	Teatro de operações
TTNL	Técnicas e tecnologias não letais
WHO	World Health Organization

AGUIAR, E. J. S. **Resgate vertical**. Curitiba: AVM, 2013.

ATAQUE na Catedral: veja quem é o atirador. **G1**, 11 dez. 2018. Campinas e Região. Disponível em: <https://g1.globo.com/sp/campinas-regiao/noticia/2018/12/11/policia-identifica-atirador-que-matou-4-durante-missa-na-catedral-de-campinas.ghtml>. Acesso em: 2 set. 2024.

ATIRADOR de escola no Paraná é encontrado morto na prisão. **CNN Brasil**, 21 jun. 2023. Disponível em: <https://www.cnnbrasil.com.br/nacional/atirador-de-escola-no-parana-e-encontrado-morto-na-prisao/>. Acesso em: 6 ago. 2024.

BALKO, R. **Rise of the Warrior Cop**: the Militarization of America's Police Forces. New York: PublicAffairs, 2014.

BETINI, E. M.; TOMAZI, F. **COT**: Charlie. Oscar. Tango – por dentro do grupo de operações especiais da Polícia Federal. São Paulo: Ícone, 2014.

BOTEGA, N. J. **Crise suicida**: avaliação e manejo. Porto Alegre: Artmed, 2015.

BRASIL, S.; DINIZ, L.; SEGALLA, V. Cruel, aterrador e inexplicável. **Veja**, São Paulo: Abril, ed. 2.212, ano 44, n. 15, p. 80-85, 13 abr. 2011.

BRASIL. Constituição (1988). **Diário Oficial da União**, Brasília, DF, 5 out. 1988. Disponível em: <http://www.planalto.gov.br/ccivil_03/Constituicao/Constituicao.htm>. Acesso em: 6 ago. 2024.

BRASIL. Decreto-Lei n. 2.848, de 7 de dezembro de 1940. **Diário Oficial da União**, Poder Executivo, Rio de Janeiro, 31 dez. 1940. Disponível em: <http://www.planalto.gov.br/ccivil_03/decreto-lei/Del2848.htm>. Acesso em: 6 ago. 2024.

BRASIL. Lei n. 13.104, de 9 de março de 2015. **Diário Oficial da União**, Poder Legislativo, Brasília, DF, 10 mar. 2015. Disponível em: <https://www.planalto.gov.br/ccivil_03/_ato2015-2018/2015/lei/l13104.htm?ref=hir.harvard.edu>. Acesso em: 2 set. 2024.

BRASIL. Lei n. 13.260, de 16 de março de 2016. **Diário Oficial da União**, Poder Executivo, Brasília, DF, 17 mar. 2016. Disponível em: <http://www.planalto.gov.br/ccivil_03/_Ato2015-2018/2016/Lei/L13260.htm>. Acesso em: 20 ago. 2024.

BRASIL. Polícia Federal. Ministério da Justiça e da Cidadania. Instrução Normativa n. 13, de 15 de junho de 2005. **Suplemento ao BS**, n. 113, 16 jun. 2005. Disponível em: <https://www.gov.br/pf/pt-br/acesso-a-informacao/institucional/in-13.pdf>. Acesso em: 6 ago. 2024.

CAMPOS, M. **A tragédia de Eloá**: uma sucessão de erros. São Paulo: Landscape, 2008.

D'OLIVEIRA, C. F. Atenção a jovens que tentam suicídio: é possível prevenir. In: LIMA, C. A. de (Coord.). **Violência faz mal à saúde**. Brasília: Ministério da Saúde, 2006. p. 177-184.

DOLAN, J. T.; FUSELIER, G. D. A Guide for First Responders to Hostage Situations. **FBI Law Enforcement Bulletin**, v. 58, n. 4, p. 9-13, Apr. 1989.

DONNELLEY, P. **501 crimes mais notórios**. São Paulo: Larousse, 2011.

FBI – Federal Bureau of Investigation. **Active Shooter Incidents in the United States in 2022**. Apr. 2023. Disponível em: <https://www.fbi.gov/file-repository/active-shooter-incidents-in-the-us-2022-042623.pdf/view>. Acesso em: 6 ago. 2024.

GREENSTONE, J. L. **The Elements of Police Hostage and Crisis Negotiations**: Critical Incidents and How to Respond to Them. New York: Routledge, 2009.

HAHN, J. A. **Segurança pública**: negociação de reféns. Disponível em: <http://www.buscalegis.ufsc.br/revistas/files/anexos/10689-10689-1-PB.html>. Acesso em: 24 nov. 2016.

HEAL, S. Minimum Performance Standards: an Innovative Approach to Maintaining Excellence. **The Tactical Edge**, NTOA, p. 19-21, Jan./Mar. 1991.

KLEIN, A. J. **Contra-ataque**: o massacre nas Olimpíadas de Munique e a reação mortal de Israel. Rio de Janeiro: Ediouro, 2006.

KOOGAN, A.; HOUAISS, A. **Enciclopédia e dicionário ilustrado**. Rio de Janeiro: Delta, 1992.

LA ROCHEFOUCAULD, F. de. **Máximas e reflexões**. São Paulo: Escala, 2007. (Coleção Grandes Obras do Pensamento Universal, 69).

LANCELEY, F. J. **On-Scene Guide for Crisis Negotiators**. 2. ed. Boca Raton: CRC Press, 2003.

LUCCA, D. V. D. **Gerenciamento de crises em ocorrências com reféns localizados**. 104 f. Monografia (Especialização em Política e Estratégia) – Universidade de São Paulo, São Paulo, 2002.

LUCCA, D. V. D. **O negociador**: estratégias de negociação para situações extremas. São Paulo: HSM, 2014.

McMAINS, M. J.; MULLINS, W. C. **Crisis Negotiations**: Managing Critical Incidents and Hostage Situations in Law Enforcement and Corrections. 5. ed. Waltham: Anderson Publishing, 2014.

MICHAELIS. **Moderno Dicionário de Inglês online**. Melhoramentos, 2010. Disponível em <http://michaelis.uol.com.br/moderno/ingles/index.php?lingua=ingles-portugues&palavra=debriefing>. Acesso em: 24 nov. 2016.

MINOIS, G. **História do suicídio**: a sociedade ocidental diante da morte voluntária. São Paulo: Unesp, 2018.

MONTEIRO, R. C. et al. **Gerenciamento de crises**. 7. ed. Brasília: Departamento de Polícia Federal, 2008. Apostila.

PAPALE, D. Active Shooter: Standoff at Psychiatric Hospital. **The Tactical Edge**, NTOA, p. 18-21, Oct./Dec. 2013.

PARANÁ. Decreto Estadual n. 8.627, de 27 de outubro de 2010. **Diário Oficial do Estado**, Curitiba, 27 out. 2010. Disponível em: <https://www.legislacao.pr.gov.br/legislacao/listarAtosAno.do?action=exibir&codAto=58284&indice=2&totalRegistros=215&anoSpan=2014&anoSelecionado=2010&mesSelecionado=10&isPaginado=true>. Acesso em: 6 ago. 2024.

PARANÁ. Polícia Militar. **Diretriz n. 004, de 21 de setembro de 2015**. Curitiba, 2015. Disponível em: <https://arq.eadestado.pr.gov.br/pmpr-ead/publico/COGER/Uso%20Seletivo%20Diferenciado%20For%C3%A7a/Diretriz%20004-15_Uso%20Seletivo%20ou%20Diferenciado%20da%20Forca.pdf>. Acesso em: 6 ago. 2024.

PARANÁ. Polícia Militar. Diretriz n. 005, de 16 de agosto de 2021. **Boletim Geral**, n. 152, 17 ago. 2021.

PARANÁ. Polícia Militar. **Diretriz n. 005, de 21 de novembro de 2011**. Curitiba, 2011.

PARANÁ. Polícia Militar. **Procedimento Operacional Padrão (POP) n. 200.1**: Primeira intervenção em crises policiais. Curitiba, 22 jul. 2019a.

PARANÁ. Polícia Militar. **Procedimento Operacional Padrão (POP) n. 200.3**: Primeira intervenção em crises de tentativa de suicídio. Curitiba, 22 jul. 2019b.

PAULINO, N. J. A. Considerações jurídicas sobre o suicídio. In: CORRÊA, H.; BARRERO, S. P. (Org.). **Suicídio**: uma morte evitável. São Paulo: Atheneu, 2006. p. 210-214.

PONTES, V. W. **Administração de crises**. Curitiba: PMPR, 2000 (Apostila).

QUINTELLA, S. Justiça volta a negar soltura de atirador do Shopping Morumbi. **Veja**, São Paulo, 17 nov. 2023. Disponível em: <https://vejasp.abril.com.br/coluna/poder-sp/justica-nega-soltura-atirador-shopping-morumbi>. Acesso em: 6 ago. 2024.

ROMANO, S. J. Third-Party Intermediaries and Crisis Negotiations. **FBI Law Enforcement Bulletin**, p. 20-24, Oct. 1998. Disponível em: <http://www.au.af.mil/au/awc/awcgate/fbi/intermediaries.pdf>. Acesso em: 13 set. 2016.

ROWE, K. L.; GELLES, M. G.; PALAREA, R. E. Crises e negociação de reféns. In: KENNEDY, C. H.; ZILLMER, E. A. (Org.). **Psicologia militar**: aplicações clínicas e operacionais. Rio de Janeiro: Biblioteca do Exército, 2009. p. 381-404.

SALIGNAC, A. O. **Negociação em crises**: atuação policial na busca da solução para eventos críticos. São Paulo: Ícone, 2011.

SILVA, D. da. **A vida íntima das palavras**: origens e curiosidades da língua portuguesa. São Paulo: Arx, 2002.

SILVA, M. A. da. Alternativas táticas do processo de gerenciamento de crises policiais: uma nova perspectiva teórica. **Brazilian Journal of Development**, Curitiba, v. 10, n. 4, p. e68551, 2024. Disponível em: <https://ojs.brazilianjournals.com.br/ojs/index.php/BRJD/article/view/68551>. Acesso em: 30 jun. 2024.

SILVA, M. A. da **As ocorrências de tentativa de suicídio e suas implicações para os processos de gerenciamento de crises e negociação no âmbito da Polícia Militar do Paraná**. 103 f. Monografia (Especialização em Planejamento e Controle da Segurança Pública) – Universidade Federal do Paraná, Curitiba, 2011.

SILVA, M. A. da. **Atuação do psicólogo na equipe policial de negociação em crises**: um estudo a partir de casos reais de tentativa de suicídio. 84 f. Monografia (Especialização em Psicologia Jurídica) – Pontifícia Universidade Católica do Paraná, Curitiba, 2012.

SILVA, M. A. da. **Dicionário de termos, expressões e gírias policiais militares**. Curitiba: AVM/Comunicare, 2003. (Publicações Técnicas, v. XI).

SILVA, M. A. da. **Primeira intervenção em crises policiais**: teoria e prática. 3. ed. Curitiba: AVM, 2020.

SILVA, M. A. da; RONCAGLIO, O. L. Gestão de crises e conflitos no contexto da segurança pública. In: MEDEIROS, D. B. (Org.). **Mediação de conflitos**. Indaial: Uniasselvi, 2021. p. 131-203.

SILVA, M. A. da; RONCAGLIO, O. L. **Negociação e gestão de conflitos de segurança**. Curitiba: Iesde, 2020.

SILVA, M. A. da; SILVA, L. F.; RONCAGLIO, O. L. **Negociação em crises policiais**: teoria e prática. Curitiba: CRV, 2021.

SIMINO, R. C. **A prática de crime omissivo no gerenciamento de crises da PMPR, quando não utilizada a alternativa tática tiro de comprometimento, em ocorrências em que esta é a melhor ou a única solução aceitável à crise.** 25 f. Artigo Científico (Especialização em Direito Militar Contemporâneo) – Universidade Tuiuti do Paraná, Curitiba, 2013.

STRENTZ, T. **Psychological Aspects of Crisis Negotiation**. 3. ed. New York: Routledge, 2018.

THOMÉ, R. L.; SALIGNAC, A. O. **O gerenciamento das situações policiais críticas**. Curitiba: Gênesis, 2001.

UM MÊS de enchentes no RS: veja cronologia do desastre. **G1**, 29 maio 2024. Rio Grande do Sul. Disponível em: <https://g1.globo.com/rs/rio-grande-do-sul/noticia/2024/05/29/um-mes-de-enchentes-no-rs-veja-cronologia-do-desastre.ghtml>. Acesso em: 6 ago. 2024.

U.S. DEPARTMENT OF HOMELAND SECURITY. **Active Shooter**: How to Respond. Washington, DC: DHS, Oct. 2008. Disponível em: <https://www.dhs.gov/xlibrary/assets/active_shooter_booklet.pdf>. Acesso em: 6 ago. 2024.

VELOSO, N.; PIMENTEL, J. Brasil teve 5 ataques com mortes em escolas em 2022 e 2023. **Poder360**, Brasília, 5 abr. 2023. Disponível em: <https://www.poder360.com.br/brasil/brasil-teve-5-ataques-com-mortes-em-escolas-em-2022-e-2023/>. Acesso em: 6 ago. 2024.

WERLANG, B. G.; ASNIS, N. Perspectiva histórico-religiosa. In: WERLANG, B. G.; BOTEGA, N. J. (Org.). **Comportamento suicida**. Porto Alegre: Artmed, 2004. p. 59-73.

WERLANG, B. G.; BOTEGA, N. J. (Org.). **Comportamento suicida**. Porto Alegre: Artmed, 2004.

WESEL, B. Um ano após ataque de Nice, ainda restam perguntas. **DW**, 14 jul. 2017. Disponível em: <https://www.dw.com/pt-br/um-ano-ap%C3%B3s-ataque-de-nice-ainda-restam-perguntas/a-39701148>. Acesso em: 30 jun. 2024.

WHITTAKER, D. J. **Terrorismo**: um retrato. Rio de Janeiro: Biblioteca do Exército, 2005.

WHO – World Health Organization. **Preventing Suicide**: a Global Imperative. Luxembourg, 2014. Disponível em: <https://www.who.int/publications/i/item/9789241564779>. Acesso em: 6 ago. 2024.

WILLIAMS, A.; HEAD, V. **Ataques terroristas**: a face oculta da vulnerabilidade. São Paulo: Larousse, 2010.

WURMEISTER, F.; KOBUS, B. Aluno armado atira e fere dois colegas em colégio de Medianeira. **G1**, 28 set. 2018. Oeste e Sudoeste. Disponível em: <https://g1.globo.com/pr/oeste-sudoeste/noticia/2018/09/28/aluno-atira-em-colegas-de-colegio-em-medianeira.ghtml>. Acesso em: 6 ago. 2024.

Capítulo 1

Questões para revisão
1. Os três objetivos do gerenciamento de crises (GC) são: preservar vidas, aplicar a lei e restabelecer a ordem. A ordem dos objetivos foi definida dessa maneira pela necessidade de preservação das vidas envolvidas na crise acima de qualquer outro objetivo. As demais metas também são fundamentais, mas devem ser almejadas depois de as vidas estarem em segurança.
2. A característica de urgência em uma crise policial está atrelada a uma ocorrência de cunho emergencial e que necessita de um atendimento especializado e imediato, já que vidas estão em risco. Há muitas ações a serem tomadas pelos gestores do evento em um curto espaço de tempo para se obter um resultado aceitável.
3. c
4. d
5. e

Capítulo 2

Questões para revisão

1. A resposta pode contemplar três das seguintes ocorrências: roubos ou outros crimes frustrados com a tomada de reféns; extorsões mediante sequestro; rebeliões com reféns em estabelecimentos prisionais; mentalmente perturbados sozinhos, com tomada de reféns ou vítimas; criminosos sozinhos e barricados contra a ação da polícia; movimentos ou grupos sociais com tomada de reféns ou vítimas; tentativas de suicídio; ocorrências que envolvem artefatos explosivos; ações terroristas; ocorrências envolvendo atiradores ou agressores ativos; ocorrências de crimes violentos contra o patrimônio e domínio de cidades; tomada de aeronaves por criminosos, terroristas ou perturbados; acidentes ou catástrofes naturais de grandes proporções.

2. Causador do evento crítico (CEC) é o indivíduo que desencadeia uma crise pelos mais variados motivos.

3. b
4. a
5. e

Capítulo 3

Questões para revisão

1. As fases do gerenciamento de crises (GC) são: pré-crise, primeira intervenção, gerenciamento propriamente dito e pós-crise.

2. É importante o GC estar dividido em fases para facilitar o trabalho das corporações policiais e tornar mais didático o ensino da doutrina e das técnicas de GC. Além disso, a divisão em fases delimita as missões a serem tomadas por autoridades, comandantes e todos os integrantes da corporação.

3. a
4. c
5. e

Capítulo 4

Questões para revisão

1. Primeira intervenção em crises (PIC) é o conjunto de ações técnicas a serem tomadas pelo policial ou pelas equipes policiais que se depararam com uma ocorrência crítica em andamento – os chamados *primeiros interventores*. As ações técnicas constituem os dez procedimentos da primeira intervenção.

2. Eis os dez procedimentos técnicos previstos pela doutrina de primeira intervenção: (1) localizar o ponto crítico; (2) conter a crise; (3) isolar a crise; (4) estabelecer contato sem concessões ao causador do evento crítico (CEC); (5) solicitar apoio de área e equipes de socorro médico; (6) coletar informações; (7) diminuir o estresse da situação; (8) permanecer em local seguro; (9) manter terceiros afastados; e (10) acionar as equipes especializadas.

3. d

4. a

5. b

Capítulo 5

Questões para revisão

1. O comandante do teatro de operações (Cmt. TO) é o oficial mais antigo do Batalhão de Operações Especiais (Bope) da Polícia Militar (PM) presente fisicamente no local da crise estática. Tem a missão principal de estabelecer, juntamente com os comandantes das equipes especializadas, os procedimentos operacionais necessários para conduzir a ocorrência crítica a um resultado satisfatório. É responsável por empregar as denominadas *alternativas táticas* durante o gerenciamento do evento, tendo o poder de decidir tecnicamente sobre as ações necessárias e pertinentes a serem aplicadas durante a ocorrência. Já o gerente da crise é o oficial mais antigo responsável pela área em que ocorre a crise, podendo ser o comandante do Comando Regional de Polícia Militar (CRPM), o comandante do batalhão ou um representante da unidade

operacional. Ele precisa estar presente fisicamente no local da crise estática para acompanhar o desenvolvimento dos trabalhos. Além disso, é responsável pela gestão dos recursos humanos e logísticos durante o gerenciamento do evento crítico, mantendo um relacionamento estreito com o Cmt. TO e fornecendo todo o apoio solicitado.

2. Devem ser estabelecidos os perímetros de segurança interno e externo. Entre o ponto crítico e o perímetro interno, forma-se a zona estéril; entre os perímetros interno e externo, configura-se a zona-tampão.

3. b
4. d
5. e

Capítulo 6

Questões para revisão

1. Negociação técnica, negociação tática, uso de técnicas e tecnologias não letais (TTNL), tiro do atirador de precisão policial (APP) e ação tática do grupo de intervenção (GI).

2. Porque é a alternativa que impõe menos risco aos envolvidos, visto que economiza tempo e possibilita o trabalho de inteligência enquanto o processo de gerenciamento transcorre. Da mesma forma, evita ações precipitadas e diminui as implicações legais posteriores. Pelas estatísticas, o processo de negociação conduz a maioria das crises a um desfecho pacífico, por meio do diálogo e do convencimento.

3. c
4. e
5. a

Marco Antonio da Silva é Oficial Superior da Polícia Militar do Paraná (PMPR). É pós-graduado em Psicologia Jurídica pela Universidade Católica do Paraná (PUCPR) e em Saúde Mental pela Universidade Católica Dom Bosco de Campo Grande (UCDB-MS). É graduado em Psicologia pela PUCPR e em História pelas Faculdades Integradas Espírita (FIES) de Curitiba.

Especializou-se em negociação em crises e gerenciamento de crises em diversas corporações nacionais e internacionais, como o Grupo de Ações Táticas Especiais (Gate) da Polícia Militar do Estado de São Paulo (PMESP), a Guarda Nacional Republicana (GNR) de Portugal, a Polícia da Província de Córdoba (Argentina) e a National Tactical Officers Association (NTOA), dos Estados Unidos – entidade da qual é membro. Além disso, atuou por 11 anos na Equipe de Negociação (EN) do Batalhão de Operações Especiais (Bope) e participou diretamente do atendimento de inúmeras ocorrências críticas.

Atualmente, é instrutor na Academia Policial Militar do Guatupê, em cursos para bombeiros militares, bem como em outras corporações policiais e órgãos de segurança. É membro fundador da Academia de Letras dos Militares Estaduais do Paraná (Almepar). Além da presente obra, já escreveu os seguintes livros: *Primeira intervenção em crises policiais: teoria e prática*, *Negociação e gestão de conflitos de segurança* (em co-autoria com Otávio Lúcio Roncaglio) e *Negociação em crises policiais: teoria e prática* (em co-autoria com Luiz Fernando da Silva e Otávio Lúcio Roncaglio).